죽을 수도
살 수도 없을 때
서른은
온다

죽을 수도 살 수도 없을 때 서른은 온다

눈부신 세상 앞에 선 눈물겨운 그대에게 전하는 응원가

김이율 글 | Alex Kim 사진

이덴슬리벨

c o n t e n t s

청춘은 눈물겹다   7

chapter 1 청춘, 온다는 말없이
간다는 말없이

1리터의 눈물 꾹 참아내기   12

낯선 것을 두려워하지 않는 용기 갖기   22

처음의 각오로 끝까지 밀고 나가기   30

마음속 새로운 꿈 품기   38

한 분야에서 최고의 경지에 오르기   44

작고 하찮은 일에 목숨 걸기   52

마음먹는 순간 행동으로 옮기기   60

chapter 2 이러지도 저러지도 못하는 내 인생을
그들은 청춘이라 말한다

희망의 불씨를 꺼뜨리지 않기   70

목표를 이룰 때까지 무작정 버텨보기   78

틀 밖으로 뛰쳐나와 창조적인 세상 만들기   84

32색 크레파스에서 나만의 색깔 찾기   90

자신 안에 있는 거인과 맞서기   98

스스로 만든 벽 뛰어넘기   106

일에 쫓기지 말고 즐겁게 일하기   114

사랑하고 후회하는 게
청춘이다

용서의 지우개로 아픔 지우기   124

사랑 외에는 아무것도 생각하지 않기   132

마지막까지 소중한 존재 되어주기   138

한 발 더 가까이 다가가 인연 맺기   144

사랑보다 앞에 나를 내세우지 않기   152

조용히 같은 편 되어주기   158

엄마에게 사랑한다 말하기   166

바람이 분다,
그래 살아봐야겠다

chapter
4

부족하지만 많이 베풀며 살기   176

아픈 이의 마음을 보듬어주기   184

행복한 바보로 살기   192

한없이 너그러운 큰 그릇 품기   200

새벽 4시에 걸려온 친구 전화 받아주기   208

가시 돋은 말 하지 않기   216

나사못 하나의 힘을 믿어보기   222

청춘, 축제의 장에 왔다면
마음껏 즐겨라

chapter
5

인생의 허들을 과감히 뛰어넘기   232

삶이 나를 속일지라도 굴복하지 않기   242

먼저 등을 돌리는 일 없기   250

바르고 곧은 마음을 지키며 살기   258

진심을 볼 수 있는 아름다운 눈 갖기   266

처음과 같은 순수한 마음으로 살기   272

반칙하지 않고 정정당당하게 살기   280

청춘은
눈물겹다

나는 지금 혼자 밴드마스터가 되어 있다. 쿵쿵.

머릿속에서 작은북과 큰북의 울림이 울려오고

멜로디언과 실로폰의 소리도 들어 있다.

나는 이제 그 모든 것을 혼자 다 해낸다.

그렇지 않으면 이 세상을 염렴하게 살아갈 수 없다.

나는 내 생의 밴드마스터인 것이다. 지쳐도 쉬지 못하고

지휘봉을 휘두르며 앞으로 나아가야 하는 것이다.

— 은미희 『내 생의 밴드마스터』 중에서

스물과 서른의 온도 차이는 확연히 다르다. 스물에겐 세상이 좀 관대
하다. 실수를 해도, 투정을 부려도, 무모해도, 버릇이 없어도, 별생각 없

어도, 방황해도, 넘어져도 대체로 이해하는 편이다. "어쩌면 그게 더 어울리는 일이지" 하며 손을 내밀어주기도 한다.

그러나 서른은 어떠한가? 서른에게는 그리 관대하지 않다. 실수를 용납 못하고, 빠른 성과를 요구하고, 책임을 강요하고, 꿈쟁이로 남아 있는 자는 사회부적응자라는 낙인이 찍히고 만다.

인간관계도 더 복잡해진다. 학교 친구보다 사회 친구가 많아지고, 인간적인 만남보다 사무적인 만남이 많아진다. 또한 결혼이라는 지상 최대의 짐이 기다리고 있다. 하나에서 열까지 스스로 책임을 져야 한다. 이래저래 서른은 눈물겹다.

공자도 서른에 대해 『논어』「위정」편에서 '이립(而立)'이라 하여 나이 서른이면 뜻이 확고하게 서야 할 시기라고 규정했다.

김광석의 노래 〈서른 즈음에〉에서 느끼던 허무함과 공자의 말씀에서 느껴지는 긴장감 내지 위기의식이 공존하는 게 서른이다. 숫자 그 이상의 의미로 다가오는 서른, 우리는 이 시기를 어떻게 통과해야 할까.

사실, 따지고 보면 서른만의 문제는 아니다. 어떻게 살아야 할까에 대한 고민은 우리가 이 세상에서 울음을 터트렸던 순간부터 이어져 왔다. 초·중·고등학교 때도, 스무 살에도 그 명제로부터 자유로울 수 없었다. 서른이라고 다를 바 없다. 산다는 게 고달프지만 역설적으로 끊임없는 고뇌와 자극이 있기에 더 살맛나는 게 아닐까.

여하튼 이제부터는 조금 달라질 필요가 있다. 쉴 틈 없이 앞만 보고 달려온 사람이라면 열정을 놓치지 않되 조금 천천히 가야 한다. 나 아닌 다른 사람에 대해서 생각해보고, 성급함보다는 신중함으로, 두루뭉술함보다는 정교함이 필요하다. 반대로 아무런 꿈과 삶의 의욕도 없이 허송세월을 보낸 사람이라면 마음을 바꿔야 한다.

이 책 한 권이 당신의 삶과 미래를 완전히 바꿔놓는다고 장담할 수는 없다. 적어도 당신 안에 있는 당신을 들여다볼 수 있는 성찰의 시간은 마련해줄 것이다. 좌절과 실의에 빠져 있다면 따뜻한 위로 한 움큼 정도는 될 것이다. 꿈에 대한 열망을 자극할 것이다. 서른이 눈물겹지만 살아야 함을 일깨워줄 것이다.

어서, 맞이하라. 진짜 인생을. 진짜 청춘을. 진짜 꿈을.

- 2011년 봄날, 김이율

●

●

chapter 1

청춘, 온다는 말없이
간다는 말없이

●

●

세월은 가고 세상은 팔색조처럼 변해간다.

점점 작아지는 당신,

걱정할 필요 없다.

무언가를 이룬 것보다

어딘가를 향해 전진하는 것이 아름답다.

인생에서 꿈을 제외한다면

어찌 그 고난의 시간을 견디겠는가.

삶에서 당신이 보물을 발견하려고 한다면
어두운 바닷속으로 깊숙이 내려가는 길밖에 없다.

가다가 넘어지면 그곳에 우리가 찾는 보물이 있다.
우리가 들어가기를 두려워하는 그 동굴에서
원하는 것을 발견하게 될 것이다.

-조셉 캠벨

1리터의 눈물

꾹 참아내기

"헤이, 추!"

부산고 교정에는 긴장감이 감돌았다. 미국 프로야구 시애틀 매리너스 팀의 스카우터가 추신수의 실력을 테스트하기 위해서 온 것이다. 추신수는 잔뜩 긴장했다. 일생일대의 기회를 놓치고 싶지 않았다. 어떻게든 최고의 실력을 발휘해 좋은 인상을 심어주고 싶었다.

"추, 공 한번 던져 봐."

추신수는 고개를 끄덕인 후 마운드에 올라섰다. 이제껏 많은 경기를 해왔지만 지금처럼 긴장되는 순간은 없었다. 그는 글러브 안의 공을 만지작거리며 마음속으로 중얼거렸다.

"잘해야 해. 그래, 난 할 수 있어. 멋지게 던질 거야."

추신수는 젖 먹던 힘까지 다해 공을 던졌다. 스트라이크. 구속도 제

법 나왔다. 연이어 몇 번을 더 던졌지만 스카우터의 표정은 그리 밝지 않았다.

"추, 그만 던지고 방망이를 들어 봐."

추신수는 고개를 갸웃거렸다.

"저는 투수입니다. 그런데 방망이라니…."

"타격 실력이 궁금해서 그래. 어서 실력을 좀 보여줘."

추신수는 온 힘을 다해 방망이를 휘둘렀다. 치는 족족 홈런이었다. 스카우터는 그제야 고개를 끄덕이며 만족스런 표정을 지었다.

"자네는 투수보다는 타자가 더 어울려. 타자로서의 성공 가능성이 더 크다는 얘기지."

추신수는 고교야구 최고의 기량을 갖춘 투수였지만 타격 실력도 꽤 훌륭한 수준이었다.

"추, 자네를 구단주와 감독에게 적극적으로 추천할 걸세. 투수가 아니라 야수로 말이야. 잘해보자고."

"그럼, 제가 정말 미국에서 야구를 할 수 있는 겁니까?"

"그래. 나의 선택이 옳았다는 걸 증명해주게."

"감사합니다. 정말 감사합니다."

2001년, 추신수는 온 국민의 기대를 안고 메이저리그 시애틀 매리너스에 화려하게 입단했다.

"이제 내 세상이야. 메이저리그의 역사를 새로 쓸 거야. 꼭 해내고 말겠어."

미국 땅을 밟는 순간, 추신수는 세상을 다 얻은 것 같았다. 그러나 며칠 지나지 않아 그 느낌은 모두 사라졌다. 그를 기다리고 있던 건 메이저리그가 아니라 아무도 알아주지 않는 마이너리그였다.

감독은 추신수에게 다가와 묵직한 목소리로 말했다.

"미스터 추, 열심히 하게. 하루아침에 메이저리그에서 뛸 순 없어. 이곳에서 실력을 쌓아야만 올라갈 수 있어. 모든 게 자네 하기 나름이야. 알겠지?"

"예. 알겠습니다."

추신수는 밤낮을 가리지 않고 방망이를 휘둘렀다. 자신이 흘린 수만의 땀방울이 메이저리그로 가는 시간을 단축해줄 거라고 굳게 믿고 오직 연습에만 집중했다.

어느덧 5년이라는 시간이 흘렀다. 추신수는 여전히 마이너리그 선수였다. 연습을 마치고 집으로 돌아가는 길, 밤하늘의 별을 보니 갑자기 눈물이 흘렀다. 고국에 계시는 부모님과 친구, 함께 운동했던 동료들이 생각났다. 추신수는 한숨을 쉬며 넋두리하듯 중얼거렸다.

"내가 지금 여기서 뭐 하고 있는 걸까? 왜 이곳까지 와서 고생하고 있는 거지? 말 한마디 통하지 않는 낯선 곳에서 난 지금 뭐지?"

다음 날은 훈련을 나가지 않았다. 현실이 답답해서 우울하고 외로웠다. 하지만 이대로 무너질 수 없었다. 시작도 하기 전에 끝을 내고 싶지 않았다. 그는 다시 연습에 매진했다.

"그래, 언젠가는 빛이 나겠지."

노력은 배신하지 않는다는 말은 진리였다. 마침내 그에게 기회가 왔다. 2006년, 추신수는 메이저리그 선수로 승격되어 경기에 출전했다. 타석에 들어선 그는 이를 악물었다.

'그래, 보란 듯이 홈런을 치겠어. 이 자리에 서기까지 얼마나 오랜 시간이 걸렸는데, 반드시 보여줄 거야. 한국의 매운맛, 추신수의 강함을 보여줄 거야.'

그러나 메이저리그의 벽은 높았다. 삼진아웃을 당했다. 생각처럼 경기가 풀리지 않았다. 10경기에서 15타수 1안타, 극도의 타격 부진이었다. 더군다나 팀 동료인 천재타자 이치로와 같은 포지션이었다. 그는 이치로에게 밀려 다시 마이너리그 선수로 전락하고 말았다.

"어렵게 잡은 기회를 놓치다니…."

추신수는 다시 어둠의 터널 속으로 들어가는 것 같았다. 설상가상으로 쫓겨나듯 클리블랜드 인디언스 팀으로 옮기게 되었다. 마음이 무거웠고 힘이 빠졌다. 그의 이적을 두고 인디언스 팬들은 말이 많았다.

"왜 저 선수를 영입했는지 모르겠어. 추신수는 타석에 들어서면 벌벌 떠는 겁쟁이야. 저런 선수는 오래 못 가!"

"인디언스에 전혀 도움이 되지 않는 선수야. 다시 돌아가야 해!"

모욕적인 말을 들었지만 추신수는 반박하지 않았다. 그들의 말이 틀린 게 아니었기 때문이다.

"저들의 말이 옳아. 미국에 건너온 지 6년이 되어가는데 난 여태 제자리야. 이대로 물러설 수 없어."

오직 연습만이 부족함을 채울 수 있을 거라 생각했다. 그는 이를 악물고 밤새도록 방망이를 휘둘렀다.

다시 기회가 찾아왔다. 친정팀인 시애틀과의 경기에 출전했다.

"나를 보낸 걸 후회하게 만들 거야. 기필코!"

추신수는 타석에 들어서 공을 뚫어져라 쳐다보다가 온 힘을 다해 방망이를 휘둘렀다.

묵직한 소리와 함께 공이 포물선을 그으며 하늘 높이 날아갔다. 홈런이었다. 친정팀인 시애틀과의 경기에서 1-0으로 승부를 가르는 결승 솔로 홈런을 친 것이다. 참으로 통쾌하고 행복했다.

경기를 마치고 숙소에 돌아온 그는 수십 통의 축하 전화를 받았다. 대부분 시애틀 마이너리그에서 함께 운동했던 동료들의 전화였다.

"미스터 추, 정말 멋지더라. 너는 우리의 희망이야. 열심히 운동하면 언젠가는 너처럼 될 거라는 희망을 갖게 됐어. 앞으로도 잘해주길 바란다."

추신수는 더욱 각오를 다졌다. 누군가에게 희망의 존재가 된다는 게 가슴 벅차고 기뻤다. 그동안 힘든 과정을 참아낸 자신에게도 고마웠다.

그 후, 그의 진가가 드러나기 시작했다. 8월에는 보스턴 레드삭스와의 원정경기에서 만루 홈런을 쳤고, 폭발적인 타격은 계속됐다. 2009, 2010년 최고의 기량을 선보인 그는 아메리칸 리그에서 두 시즌 연속 3

할 및 '20홈런-20도루 클럽'에 가입한 유일한 아시아 선수가 되기에 이르렀다. 지금은 천문학적인 연봉을 받는 최고의 스타가 되었고 메이저 리그 모든 팀에서 탐을 내는 선수가 되었다.

꽃이 아름답게 피어나기 위해서는 고통의 과정이 필요합니다. 비바람을 이겨내고 타는 목마름을 견디며 세상의 먼지와 벌레들의 공격에 맞서 싸워야 비로소 한 떨기 아름다운 꽃망울을 터뜨릴 수 있습니다.

칼도 단단하고 날카로운 칼날을 세우려면 비슷한 과정이 필요합니다. 뜨거운 불길 속으로 수십 번 들락거려야 하고, 내리치는 쇠망치의 공격도 참아내야 합니다. 뜨거운 불과 찬물을 오가는 동안 정말로 아름다운 칼로 탄생하는 것입니다. 이처럼 세상 모든 것들이 아름답게 빛이 나기 위해서는 수없이 많은 고통과 아픔의 과정을 이겨내고 겪어야만 합니다.

사람도 마찬가지입니다. 최고의 자리에 오르는 일이 하루아침의 일이겠습니까? 아닙니다. 그 자리에 오르기까지 남모를 눈물을 1리터도 넘게 흘렸을 것입니다. 온몸이 부서지고 지칠 때까지 반복되는 연습을 통해 최고의 경지에 오를 수 있었을 것입니다.

중요한 건 한 번 정한 목표를 놓치지 않는 것입니다. 살다보면 목표를 이룰 수 없게 방해하는 요소가 인생의 곳곳에 도사리고 있습니다.

절망감, 패배감, 위기, 사고 등등. 그러한 부정적인 상황에도 끝까지 포기하지 않는다면 결국은 승리하게 되어 있습니다. 목표의 힘, 의지의 힘만큼 강한 건 없기 때문입니다.

당신의 가슴은 여전히 뜨겁습니다. 당신의 열정은 용광로와 같습니다. 당신의 몸과 마음은 여전히 청춘입니다. 당신의 목표는 아직도 유효합니다.

사무엘 울만은 꿈과 목표를 향해 전진하는 사람들을 격려하고 다시 일어설 용기를 주기 위해 「청춘」이란 시를 지었는지도 모릅니다.

청춘

- 사무엘 울만

청춘이란 인생의 어느 기간이 아니라 마음가짐을 말한다.

장밋빛 볼, 붉은 입술, 나긋나긋한 무릎이 아니라

씩씩한 의지, 풍부한 상상력, 불타오르는 정열을 가리킨다.

인생이란 깊은 샘의 신선함을 이르는 말이다.

청춘이란 두려움을 물리치는 용기,

안이함을 선호하는 마음을 뿌리치는 모험심을 의미한다.

때로는 20세 청년보다는 60세 인간에게 청춘이 있다.

나이를 더해가는 것만으로 사람은 늙지 않는다.

이상을 버릴 때 비로소 늙는다.

세월은 피부에 주름살을 늘려가지만

열정을 잃으면 영혼이 주름진다.

고뇌, 공포, 실망에 의해서 기력은 땅을 기고

정신은 먼지가 돼버린다.

(이하 생략)

앞으로 20년 후,
당신은 저지른 일보다는
저지르지 않은 일에 대해 더 후회할 것이다.
지금 당장 안전한 항구에서 밧줄을 풀고
항해를 떠나 탐험하고, 꿈꾸며, 발견하라.

– 마크 트웨인

낯선 것을 두려워하지 않는
용기 갖기

또 한 번의 기회가 강호동에게 왔다. 이번 한 판만 이기면 다시 천하 장사에 오를 수 있다. 감독은 강호동을 세워놓고 강한 정신력을 주문했다.

"호동아, 정신 똑바로 차려. 지금 상대편도 많이 지쳤어. 이번 한 판으로 승부가 갈리는 거야."

심판의 호각소리에 강호동은 서둘러 모래판 위에 섰다. 강호동과 상대 선수의 등장에 관객석은 술렁거렸다.

"강호동, 파이팅!"

"끝내버려라!"

드디어 결전의 한 판. 이번 판을 이기는 자는 천하장사가 된다. 강호동과 상대 선수는 무릎을 꿇고 앉아 샅바를 잡았다. 심판은 양 선수를 천천히 일으켜 세웠다.

"준비됐어?"

심판의 호각소리와 함께 마지막 한판이 시작되었다. 상대 선수가 긴
다리를 이용해 기습적으로 강호동의 안쪽 다리를 파고들었다. 순간, 강
호동은 중심을 잃고 뒤로 밀렸지만 곧 중심을 잡았다. 이번에는 강호동
의 반격이 시작되었다. 기합소리와 함께 바깥다리 공격을 시도했다. 그
런데 노련한 상대 선수가 몸을 오른쪽으로 살짝 돌리더니 잡치기 기술
로 강호동의 중심을 무너뜨렸다. 결국 강호동은 천하장사를 쥘 수 있는
고지 앞에서 좌절하고 말았다.

그날 밤, 그는 좀처럼 잠을 이룰 수 없었다. 천하장사를 놓친 아쉬움
이 크기도 했지만 몇 달 전부터 자꾸 머릿속에서 딴생각이 맴돌았다. 그
생각을 지우려고 노력했지만 도저히 지울 수 없었다.

다음 날, 강호동은 자신의 생각을 행동으로 옮기기 위해 마음을 굳게
먹고 감독을 찾아갔다.

"감독님, 저 씨름 그만두겠습니다."

"뭐? 지금 그게 무슨 소리야?"

감독은 두 눈이 휘둥그레졌다.

"장난하지 말고 어서 돌아가."

"장난 아닙니다. 새로운 꿈이 생겼습니다. 저 개그맨 할 겁니다."

감독은 어이가 없다는 듯 허공을 보며 웃었다.

"너 지금 제정신이야? 개그맨? 허허. 천하장사 몇 번 하더니 네가 지

금 배가 불렀구나?"

"감독님, 그런 게 아닙니다. 정말로 해보고 싶습니다."

"이 녀석아, 앞으로도 천하장사를 몇 번은 더 할 수 있는데 뭐가 부족해서 다른 곳을 기웃거려? 너한테는 씨름이 가장 쉬운 길이야. 이 길을 계속 가도록 해."

"죄송합니다. 전 꼭 TV에 출연해 사람들을 웃기고 싶습니다."

감독은 강호동의 고집을 꺾지 못했다. 1993년, 강호동은 방송계에 뛰어들었다. 지금까지 씨름만 하고 살았는데 이제는 전혀 다른 사람이 되어야 하는 게 부담스럽고 낯설었으며 심지어 두렵기까지 했다. 하지만 싫지 않았다. 오히려 꿈을 향해 자신의 모든 것을 걸 수 있다는 것, 새로운 것에 도전하는 것만으로 가슴 벅차고 즐거웠다.

주위 사람들은 그의 도전에 대해 냉담했다. 몇 달 반짝하다가 수그러질 거라 예상했지만 그의 재능과 노력은 주위 사람들의 우려와 걱정을 보기 좋게 뛰어넘었다.

큰 덩치와 대비되는 바보스러운 연기와 익살스러운 표정은 어느 개그맨 못지않았다. 시청자들은 그를 보며 즐거워했다. 서서히 자신감을 얻은 강호동은 MC에 도전장을 냈다. 이번에도 방송 관계자들은 탐탁해하지 않았다.

"호동 씨는 MC 보는 데 좀 무리가 있습니다. 호감이 가는 인상도 아니고 발음도 부정확한 데다 사투리까지 심해서…."

초반에는 절망했지만 포기할 수 없었다. 기존의 MC들보다 뛰어난 건 없지만 이 단점들이 차별화 포인트가 될 거라 믿었다. 그 믿음은 시간이 지날수록 빛을 발했다.

강호동은 자기만의 독특한 스타일로 진행을 했다. 재치 있는 말솜씨와 사투리로 게스트를 편안하게 하고 우스꽝스러운 행동과 표정으로 분위기를 유쾌하게 이끌었다. 그가 진행하는 프로그램은 시청자들로부터 큰 호응을 얻었고, 마침내 방송 3사를 누비며 대한민국 최고의 MC라는 찬사를 받기에 이르렀다.

누구나 꿈이 있지만 모든 사람이 꿈을 이룰 수 있는 건 아닙니다. 어떤
이는 마음속에 품었던 꿈을 끝내 성취하는가 하면 또 어떤 이는 꿈을
이루지 못한 채 평생 가슴에 묻고 삽니다.

왜 그런 차이가 날까요. 아마 낯설고 새로운 것에 대해 거부하지 않
는 용기의 차이가 아닐까요.

꿈을 이루기 위해서는 우선 지금과는 다른 삶을 살아야 합니다. 남보
다 몇 배의 땀을 흘려야 하고, 시련과 좌절이 찾아와도 꿋꿋하게 이겨내
며 언제 올지 모르는 막연한 성공 앞에서 조급하게 생각하지 않고 태연
하게 밀고 나갈 수 있는 강한 믿음이 있어야 합니다. 그러한 것들이 모
두 충족될 때 비로소 달콤한 꿈의 열매를 얻을 수 있습니다.

사람들은 꿈을 갖고 있지만 꿈을 이루기 위해 정작 특별한 노력은 하
지 않습니다. 꿈을 이루는 과정이 힘들기 때문에 지레 겁을 먹고 포기
하고 맙니다. 새로운 변화가 두렵고 낯설기 때문이겠죠. 그렇다고 언제
까지 변화 앞에 머뭇거리고 망설일 겁니까? 변화를 받아들이고 새로운
것에 도전하는 용기가 없다면 지금보다 나은 삶을 기대할 수 없고 꿈을

이룰 수도 없습니다. 역경은 발전된 나로 가기 위한 필수과정입니다.

지금의 생활이 편안하고 만족스럽다고 해서 안주해서는 안 됩니다. 늘 새로운 것을 꿈꾸고 도전해야 합니다. 애벌레의 탈피와 변태과정이 없었다면 예쁜 나비는 탄생할 수 없습니다. 바닷가재도 마찬가지입니다. 자기를 감싸고 있는 단단한 껍질을 벗어던져야 성장할 수 있습니다. 껍질을 벗지 않으면 결국 껍질 속에 갇혀 죽고 맙니다. 껍질을 벗겨내는 동안 속살이 드러나 상처를 입기도 하고 포악한 무리들의 먹이가 될 수도 있습니다. 그럼에도 변화를 선택해야 합니다. 변화야말로 인생, 그 자체이기 때문입니다. 인생에서 변화를 뺀다면 그 부분을 무엇으로 채울 수 있겠습니까? 기꺼이 변화를 받아들여야만 새롭게 발전된 나로 다시 태어날 수 있습니다.

만약 강호동이 꿈을 포기하고 씨름선수로 만족했다면 지금처럼 많은 사람들로부터 사랑을 받지 못했을 뿐더러 어쩌면 이루지 못한 꿈 때문에 평생을 후회하며 살았을지도 모릅니다. 개그맨이라는 새로운 꿈, MC라는 새로운 꿈에 도전했기에 그가 더 멋져 보이고 사람들 앞에 당당할 수 있는 것입니다.

어제의 나와는 작별을 하고 새로운 나를 만나세요. 매일 하던 방식, 매일 가는 길만 고집하지 말고 새로운 방식, 낯선 길을 선택하세요. 낯설음을 거부하지 않는 용기가 인생을 더욱 가치 있고 즐겁게 만듭니다.

추억의 여명 속에서 다시 만날 수 있다면
이야기하고 노래를 부를 수 있다면
우리들의 두 손이 또 다른 꿈들과 만날 수 있다면
우리들은 하늘에
또 하나의 탑을 세울 수 있을 것입니다.

— 칼릴 지브란

처음의 각오로 끝까지
밀고 나가기

김 회장은 창립 30주년을 맞아 우수 직원으로 뽑힌 30여 명을 집으로 초대했다. 김 회장과 부인, 가사 도우미들은 아침부터 분주했다. 오후가 되자 직원들이 하나 둘 모이기 시작했다. 직원들은 어마어마한 집 규모와 너른 마당을 보고 눈이 휘둥그레졌다.

"와, 정말 넓다. 축구해도 되겠는걸."

"그러게 말이야. 나도 빨리 성공해 회장님처럼 큰 집에서 살아야지."

직원들은 파티 장소인 뒷마당 쪽으로 자리를 옮겼다.

김 회장은 정중한 말투로 직원들에게 말했다.

"이른 아침부터 저랑 집사람이랑 아주머니들이 정성스럽게 음식을 준비했습니다. 많이 드시면서 마음껏 즐기세요. 마지막으로 참석해주셔서 감사합니다."

"감사하다니요. 오히려 초대해주셔서 저희가 감사드립니다. 그리고 회장님, 턱시도가 참으로 멋지십니다. 꼭 새신랑 같으세요."

"그래요? 그럼 오늘 다시 한 번 결혼식을 올릴까요?"

김 회장은 직원들과 농담을 주고받으며 오랜만에 여유롭고 즐거운 시간을 보냈다.

"자, 우리 다 함께 건배합시다."

"좋습니다. 회장님께서 한 말씀 해주세요."

"으음. 그럼 한마디만 하겠습니다. 지난 10년 동안 모두 수고 많으셨습니다. 앞으로 회사와 개인의 발전을 위해 더 노력합시다. 모두 파이팅입니다. 파이팅!"

서로 덕담을 하며 축배를 들었다. 그 순간 갑자기 비가 떨어지기 시작하더니 점점 빗발이 굵어졌다. 갑작스런 비에 직원들이 당황하여 우왕좌왕하자 김 회장은 집 안으로 안내했다.

"지나가는 비인 것 같으니 일단 안으로 들어오세요. 비가 그치면 다시 나갑시다."

집 안으로 들어가 보니 역시나 깔끔하게 정리가 되어 있었다.

"회장님, 서재를 구경해도 될까요?"

한 직원이 물었다.

김 회장은 직원을 서재로 안내했다. 벽 쪽의 큰 책장에는 책들이 가득 채워져 있었다. 그런데 맞은편 테이블에 낡은 연습장과 싸구려 볼펜 하나가 놓여 있었다. 직원은 조심스럽게 회장에게 물었다.

"회장님, 저 연습장이랑 볼펜은 웬 건가요? 버리실 거면 제가 치워드릴까요?"

김 회장은 손을 내저었다.

"그냥 놔두세요."

"괜찮습니다. 제가 해드릴게요."

"아닙니다. 그건 그 자리에 있어야 합니다."

직원은 멋쩍은 듯 머리를 긁적이며 서재에서 나왔다.

어느덧 비가 그치고 해가 났다. 김 회장과 직원들은 뒷마당으로 나가 음식을 먹으며 담소를 나눴다.

김 회장은 조금 전 서재에 들렀던 직원에게 다가가 음료수를 건네며 말했다.

"아까는 미안했습니다. 일부러 나를 돕겠다고 나섰는데 무안을 주었지요?"

"아닙니다. 그런데 궁금합니다. 그 연습장이랑 볼펜은 뭐죠? 왜 그것들이 그 자리에 있어야 하는지 이유를 알고 싶습니다."

김 회장은 눈을 감고 잠시 생각에 잠기더니 말문을 열었다.

"그 연습장과 볼펜은 저에게 아주 소중한 것들입니다. 저는 30살에 전기회사에 취직을 했지요. 첫 출근을 하던 날, 연습장에 이렇게 적었습니다. '첫 출근하는 마음으로 늘 열정적으로 살자' 그 후 나는 열심히 일한 덕분에 승진했고 경력을 쌓아 독립을 할 수 있었지요. 저는 지금도 새벽 4시에 일어나 가장 먼저 출근합니다. 직원들이 불편해 할까봐 좀 늦게 출근할까도 생각했지만 한 번 나태해지기 시작하면 걷잡을 수 없는 걸 알기에 출근 시간만큼은 꼭 지킵니다. 내가 이런 열정과 부지런함을 유지하는 것은 바로 테이블에 놓인 연습장과 볼펜 덕분입니다. 잠자리에 들기 전에 매일 그것들을 보고 잡니다. 처음 출근했을 때의 설렘과 열정을 잊지 않기 위해서죠. 그래서 치우지 말라고 한 것입니다."

그제야 직원은 고개를 끄덕였다.

누구나 처음은 열정적으로 시작합니다. 마음 설레게 하는 이성을 만났을 때, 당신은 어떠했습니까? 어떻게 하면 상대방의 마음을 얻을 수 있을까 머리를 이리저리 굴립니다. 최대한 멋지게 보이려고 옷장에 있는 옷을 죄다 꺼내 입어보고, 거울 앞에서 머리 모양을 수없이 바꿔봅니다. 최대한 상냥하고 다정하게 보이려고 말도 조심하고 매너와 배려로 상대에게 아낌없이 베풉니다. 선물을 주고 기념일을 챙기기도 합니다. 온갖 애정공세 끝에 이성과 사이가 가까워지고 마침내 결혼을 하게 됩니다. 그러나 세월은 흐르고, 사랑도 식어가고 퇴색됩니다. 사랑이 전부라 생각했던 마음은 사라지고 왜 이 사람과 같이 살아야 하는지 한숨을 내쉬기도 합니다.

회사 일도 마찬가지죠. 처음 입사했을 때는 모든 궂은일은 도맡아 빈틈없이 꼼꼼히 처리합니다. 그러나 직급이 올라가고 신입사원이 들어오면 조금씩 헤이해지고 타성에 젖어 보다 쉬운 길을 택합니다. 이 회사에 뼈를 묻겠다는 처음의 각오는 어느새 사라지고, 어떻게 하면 일을 적게 하고 연봉을 올릴 궁리만 하게 됩니다.

이런 이야기가 있습니다. 한 여행객이 해안 지방을 지나다가 무언가를 발견하고 깜짝 놀랐습니다. 많은 갈매기들이 모래사장에 죽어 있는 것이었습니다. 푸른 바다, 맑은 공기 등 최적의 환경인데 갈매기가 왜 죽었는지 이해할 수 없었습니다. 여행객은 지역 주민에게 갈매기가 죽은 원인에 대해 물어보았습니다. 주민은 이렇게 말했습니다.

"이곳에 오는 여행객들이 갈매기에게 과자나 사탕 같은 것을 주니까 갈매기들이 단것들에 길들어져 자연먹이에 대해 식욕이 완전 떨어졌습니다. 여행객들의 발길이 끊기자, 갈매기들은 바닷속의 먹이를 놔두고도 여행객들만 기다리다 저렇게 굶어 죽고만 것입니다."

처음의 다짐, 처음의 열정을 잃게 되면 현실에 안주하게 되고 결국 자신의 정체성마저도 흔들리게 됩니다.

물론 모든 것이 처음과 같을 수는 없겠지요. 변하는 게 어쩌면 당연한 일인지도 모릅니다. 초심을 지키며 사는 게 쉬운 일은 아닙니다. 하지만 열정을 버린다면 더 이상의 발전은 없습니다.

열정을 유지하는 데는 별다른 방법이 없습니다. 마음속에서 퇴색한 처음 마음, 처음 열정, 처음 도전을 자꾸 마음 밖으로 꺼내 상기시켜야 합니다. 떨어진 낙엽도 봄이 되면 새파란 잎이 되듯 세월이 흘러도 처음의 설렘을 간직한다면 늘 새로워질 수 있습니다. 처음의 열정으로 오늘이 마지막 무대인 것처럼 온 힘을 기울이는 삶처럼 아름다운 건 없습니다.

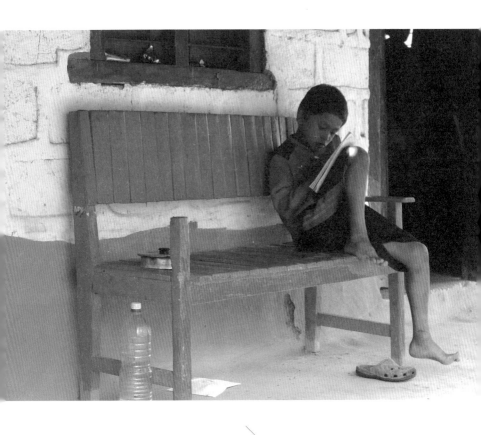

그대의 꿈이 한 번도 실현되지 않았다고 해서
스스로 안타깝고 서글프게 생각하지 마라.
정말로 안타깝고 서글픈 것은
한 번도 꿈을 꾸어 보지 않았던 사람들이다.

- 에센 바흐

마음속
새로운 꿈 품기

은행에서 일하는 청년이 있었다. 유복한 가정에서 태어나 남부러울 게 없는 사람이었다. 화창한 봄날, 출근길에 이웃 노인이 말을 걸었다.

"지금 출근하는 길인가?"

"예. 어르신."

"허허. 자네는 참 좋겠어. 매일 수많은 돈을 만질 수 있잖아."

"은행에 있는 돈이 다 제 돈인가요?"

"물론 그렇지는 않지. 하지만 자네는 돈이 많지 않은가? 우리 동네에서 최고로 부자잖아."

동네 사람들은 그를 부러워했다. 물론 그도 자신의 부가 자랑스러웠지만 꿈을 더 중요하게 생각했다. 돈은 없어도 어떻게든 살지만 꿈이 없다면 단 하루도 살 수 없다고 굳게 믿는 사람이었다.

사무실에 도착한 그는 여느 때처럼 먼저 벽에 붙어 있는 글자를 나지막한 목소리로 읽기 시작했다.

"나폴레옹 3세."

최초의 프랑스 대통령이자 세습군주인 나폴레옹 3세를 만나는 건 그의 오랜 꿈이었다.

'언젠가는 내가 나폴레옹 황제를 만날 수 있는 날이 올 거야.'

어느 날, 그는 아프리카 알제리에 파견 근무를 가게 되었다. 그곳의 생활 환경은 참으로 처참했다. 시내 곳곳은 구걸하는 사람들로 넘쳐났고, 집들이라곤 온전한 게 하나도 없었다. 세찬 바람이 한 번 불어닥치면 금방이라도 허물어질 아찔한 상태였다.

알제리 사람들의 불우하고 고통스러운 삶을 보고 큰 충격을 받은 그는 고국으로 돌아와 은행 일을 그만뒀다. 그들을 위해 자신이 할 일이 분명 있을 거라 생각했다. 오랜 궁리 끝에 마음의 결정을 내렸다.

"그래, 밀가루 공장을 세우는 거야. 그들에게 일자리를 마련해주면 생활이 조금씩 나아질 거야."

그는 물려받은 유산과 은행에서 번 돈으로 밀가루 공장을 차렸다. 하지만 현지의 불안한 정세와 자금난으로 인해 사업에 차질이 생겼다. 친척들도 그의 사업이 위험부담이 크다는 이유로 도움을 주지 않았다. 고민에 빠진 그는 마음속에 품었던 꿈을 꺼내기로 마음먹었다.

'꿈은 실현하라고 있는 거야. 직접 나폴레옹 황제를 만나러 가자.'

알제리를 식민통치하고 있던 프랑스 황제 나폴레옹 3세를 찾아가 도움을 청하기로 결심했다. 그는 북이탈리아로 갔다. 그곳에서 나폴레옹 황제가 이끄는 프랑스 군대와 사르데냐가 동맹을 맺고 오스트리아와 대치 중이었다.

'이제 몇 시간 후면 황제를 만날 수 있어. 오래도록 간직했던 꿈이 드디어 실현되는구나.'

그는 서둘러 나폴레옹 황제가 머물고 있는 곳으로 갔다. 그러나 전쟁 중이라 황제를 만나는 건 불가능했다.

'내가 사는 동안 이런 기회는 다시 오지 않을 거야. 내 꿈은 이제 끝났어.'

그는 어쩔 수 없이 꿈을 접고 사업도 잠시 미뤄야겠다고 생각했다.

돌아오는 길, 거리에서 수많은 군인들을 보았다. 그런데 갑자기 "쾅" 하고 고막을 찢을 듯한 폭발음이 들렸다. 어딘가에서 포탄이 날아온 것이다. 건물 안으로 몸을 피한 그는 간신히 목숨을 건질 수 있었지만 군인들은 엄청난 피해를 입었다. 여기저기 시체가 나뒹굴고 피를 흘리며 신음하는 군인들로 가득했다. 그의 머릿속은 두려움과 참혹함으로 뒤죽박죽이 되었다. 그는 부상당한 군인들을 외면할 수 없었다.

"살 수 있어요. 희망을 가지세요. 제가 도와드릴게요."

그는 의사를 도와 부상병들을 치료했다. 시체를 옮기는 일도 했다. 그러는 동안 가슴속에 있던 나폴레옹 황제가 점점 사라지고 새로운 꿈이 새록새록 싹을 틔웠다. 바로 전쟁이 없는 세상을 만들어 세계 평화를 이루는 것이다.

'그래, 첫 번째 꿈은 실패했지만 더 큰 꿈이 생겼어. 나는 늘 꿈꾸는 사람이었고 꿈을 위해 노력하는 사람이었어. 반드시 새로운 꿈을 이룰 거야.'

그는 전쟁 시의 부상자 구호를 위한 중립적 민간 국제기구가 필요하다는 걸 절실히 느꼈다. 1863년에 국제적십자위원회를 창설했고, 이듬해에는 유럽 16개국이 스위스 제네바에 모여 결의한, 정치, 종교, 이념, 국적에 구애 없는 구호활동을 원칙으로 하는 제네바 협약을 이끌어냈다. 그 후로도 세계 평화를 위해 앞장서며 그 공로를 인정받아 제1회 노벨평화상을 수상했다.

늘 가슴 속에 꿈을 품고 살았던 그는 바로 적십자 운동의 아버지 '앙리 뒤낭'이다.

꿈이 있는 자는 늘 설레고 행복하고 활기찹니다. 꿈을 이루기 위해 하루를 의욕적으로 시작하기 때문입니다.

매일 아침 이메일로 좋은 글을 선물하는 '고도원의 아침편지'의 운영자인 고도원 씨는 『꿈 너머 꿈』이라는 책에서 다음과 같이 말합니다.

> "백만장자가 되기를 꿈꾸는 사람이라면, 적어도 백만장자가 되어 가난한 사람들을 돕겠다는 이타적인 발걸음을 한 번 더 내딛어야 한다. 의사가 되어 인류의 난치병을 없애는 데 일조하겠다는 포부도 좋겠다. 무엇이 됐든, 그것은 내 배 불리고 내 등 따뜻하게 하는 정도의 꿈을 넘어서야 한다는 말이다. 그것이 꿈 너머 꿈이다."

인생에 있어 꿈은 공기와 같습니다. 꿈을 멈춘다면 그때부터 늙기 시작하고 삶의 의욕이 사라지고 맙니다. 꿈이 없다면 꿈을 만들어야 하고, 이미 꿈을 이뤘다면 다른 꿈을 정하고 다시 시작해야 합니다.

만일 인생에서 성공을 원한다면
많은 것들과 친해져야 한다.
인내심을 당신의 소중한 친구로,
경험은 친절한 상담자로,
신중함은 당신의 형으로,
희망은 늘 곁에서 지켜주는 부모님처럼 친해져야 한다.

－J. 애디슨

한 분야에서
최고의 경지에 오르기

비위는 전국시대 최고의 궁사였다. 그는 날아가는 새를 떨어뜨릴 뿐
만 아니라 나무에 달린 작은 잎사귀도 맞혔다. 한마디로 백발백중이었
다. 그의 활 솜씨는 천하제일이어서 배우고자 하는 제자들이 많았다. 그
중에 기창이라는 젊은이가 있었다.

기창은 처음 비위를 찾아가 다짜고짜 무릎을 꿇더니 간절한 눈빛으
로 말했다.

"최고의 궁사가 되기 위해 왔습니다. 제발 저를 제자로 받아주십시오.
비위님을 저의 스승으로 모시고 싶습니다."

비위는 하도 간절히 애원하여 기창을 제자로 받아들였다. 그렇다고
처음부터 활쏘기 기술을 가르쳐준 건 아니었다. 활을 잡기 전에 먼저
통과해야 할 관문이 있었다.

"기창아, 내 말을 잘 들어라. 모든 일에는 단계가 있고 최고의 경지에 이르기 위해선 기본이 튼튼해야 한다."

"예. 당연한 말씀이십니다."

"그럼, 활을 만지기 전에 눈을 깜박이지 않는 연습부터 해야한다. 너의 눈썹에 칼이 닿아도 깜박이지 않을 정도로 연습을 하거라."

기창은 스승의 말을 듣고 고개를 끄덕였다. 하지만 눈을 깜박이지 않는 연습을 어떻게 해야 할지 난감했다. 고심 끝에 좋은 생각이 떠올랐다.

'바로 그거야!'

기창은 서둘러 집으로 가 베틀 밑으로 기어들어갔다. 아내는 깜짝 놀라며 말했다.

"지금 뭐하시는 거예요?"

"신경 쓰지 말고 어서 베를 짜시오. 나는 지금 수행 중이오."

아내는 손을 바삐 움직이며 베를 짰다. 베틀이 눈 위에서 왔다 갔다 했지만 기창은 눈을 깜박이지 않았다. 오히려 눈을 더 동그랗게 떴다.

수행은 계속되었다. 눈은 빨갛게 충혈이 되고 정신이 혼미했지만 그 과정을 견디며 2년이라는 시간을 보냈다.

"스승님, 이제 그 무엇이 제 눈앞에 와도 눈을 감지 않을 자신이 있습니다."

순간, 스승은 긴 칼을 기창의 눈앞으로 갖다 댔다. 기창은 눈을 감지 않았다.

"스승님, 이제 됐습니까? 저도 최고의 궁수가 될 수 있는 겁니까?"

46

기창은 흥분된 말투로 말했다.

스승은 고개를 저었다.

"아직 멀었다. 수련이 더 필요해. 이번에는 작은 물체를 큰 물체로 보는 연습이다. 정신을 바짝 차리고 수련하면 가능한 일이다. 어서 떠나거라."

집으로 돌아온 기창은 이 한 마리를 잡아 천장에 매달아 놓고 두 눈을 부릅뜬 채 바라보았다. 너무 작아 잘 보이지도 않았다.

"그래, 모든 것은 마음먹기에 달렸어. 이를 엄청나게 크다고 생각하며 보자."

그의 노력은 헛되지 않았다. 석 달이 지나자 이가 누에처럼 커보였다. 또 석 달이 지나자 이가 주먹만하게 보이더니 1년을 넘기자 돼지 크기만하게 보였다. 나중에는 소보다 더 크게 보였다.

기창은 기뻐하며 스승에게 달려갔다.

"스승님, 드디어 제가 해냈습니다."

그제야 스승은 기창에게 활과 화살을 건넸다.

"저기 보이느냐? 백 보 밖에 동전 하나가 있다. 저 동전을 맞춰보도록 하라."

기창은 고개를 갸웃거리더니 말끝을 흐렸다.

"어떻게 저것을…"

"너라면 충분히 할 수 있다."

기창은 활시위를 잡아당겼다. 화살이 바람을 가르며 날아가더니 이내 동전의 정중앙에 꽂혔다. 어느새 그는 최고의 궁수가 된 것이다.

기창의 실력은 스승의 실력에 버금갔다. 그 실력이 어느 정도였느냐면 둘이 쏜 화살이 중간 지점에서 맞부딪칠 정도였다.

이것저것 뒤처지지 않는 솜씨를 가진 사람을 흔히 '팔방미인'이라고 합니다. 모든 사람들이 팔방미인이라는 소리를 들으면 좋겠지만 사실 그렇게 되기는 참으로 어렵습니다. 여러 분야에서 최고의 실력을 발휘하는 건 불가능한 일이기 때문이죠. 그래서인지 사람들은 한 분야에 매진합니다. 그렇다고 모든 사람이 최고가 되는 건 아닙니다. 최고가 되기 위해선 최고의 노력이 뒷받침되어야 합니다.

이탈리아 디자이너인 페라가모는 구두 분야에서 최고가 되기 위해 미국으로 건너가 대학에서 인체 해부학을 공부했습니다. 그리고 사람이 걸을 때 무게 중심이 어디에 쏠리는지 연구했습니다. 그 연구 결과를 토대로 구두를 만들었습니다. 숱한 시행착오 끝에 그는 최고의 구두를 만들었습니다.

오늘날 그의 구두는 전 세계인의 사랑을 받고 있으며 상품의 수준을 넘어 예술적인 작품으로까지 칭송을 받고 있습니다. 노력하지 않고, 공부하지 않고는 절대로 얻을 수 없는 결과입니다.

미국 메이저리그의 전설적인 홈런 타자인 베이브 루스가 22시즌을

뛰면서 714개의 홈런을 기록한 건 우연이 아닙니다. 그도 그 자리에 오르기 위해 남다른 노력을 기울였습니다. 그는 날아오는 야구공의 실밥까지 뚜렷이 볼 정도였다고 합니다. 그런 경지까지 오른 건 단지 시력이 좋아서가 아니라 혹독한 훈련의 결과였습니다.

한번은 동료들이 그의 집에 방문했는데 방 안에서 음악이 흘러나오고 있었습니다. 동료들이 들어온지도 모른 채 회전하는 레코드판의 바늘 끝을 뚫어져라 쳐다보고 있었습니다.

"베이브, 지금 자네 뭐해?"

동료들의 목소리를 들은 후에야 비로소 뒤돌아봤습니다.

"어서들 와. 온 줄도 몰랐네."

"자네, 한가롭게 음악을 들을 때가 아니지 않은가. 연습은 안 하나?"

"지금 연습을 하고 있던 중이었어. 돌아가는 레코드판의 바늘 끝을 공이라 생각하고 쳐다봤지. 처음엔 너무 빨리 돌아가서 바늘을 놓쳤지만 이제는 내 눈이 바늘 끝을 놓치지 않아."

그러한 훈련이 있었기에 그의 이름 앞에 홈런 타자라는 수식어가

붙은 것입니다.

불가능한 일도 가능하게 만드는 게 노력입니다. 어떤 일이든 혼신을 다해야 합니다. 일이라고 생각하지 말고 후대에 길이 남을 작품을 만든다는 장인정신을 가지고 덤벼야 합니다. 그러면 분명 하고자 하는 분야에서 최고의 경지에 오르는 달인이 될 것입니다.

성공에는 어떤 트릭도 없다.
성공에는 어떤 지름길도 없다.
성공에는 어떤 법칙도 없다.
그저 내게 주어진 일에
최선을 다했을 뿐이다.

－앤드류 카네기

작고 하찮은 일에
목숨 걸기

한 소년이 있었다. 소년은 헬렌 켈러를 무척 좋아했다. 신문에 나온 그녀의 사진을 지갑에 넣고 다닐 정도였다.

어느 날, 헬렌 켈러가 동네에 강연을 하러 온다는 소식을 접했다. 그녀가 온 날, 아버지와 함께 강연회가 열리는 곳으로 갔다. 건물 앞마당엔 엄청난 인파로 인산인해를 이루었다. 한꺼번에 많은 인원이 모이는 바람에 입장권도 얻을 수 없었다.

"아빠, 사람들이 너무 많아 안으로 들어갈 수가 없어."

"과연 그럴까?"

아버지는 사람들을 비집고 앞으로 한 걸음, 한 걸음 나아가기 시작했다. 저만치 앞에서 아버지는 손을 번쩍 들며 소리쳤다.

"어서 안으로 들어 와."

소년은 사람들을 뚫고 나아갈 엄두가 나지 않았다. 결국, 소년은 포기하고 말았다. 그날, 아버지는 헬렌 켈러의 강연을 들을 수 있었고, 소년은 헬렌 켈러의 목소리조차 들을 수 없었다. 집에 돌아온 소년은 내내 안타까워했지만 소중한 걸 하나 깨우쳤다.

'아빠처럼 난관이 있어도 헤치고 나아가야 했는데 왜 나는 그러지 못했을까? 다음부터는 쉽게 포기하지 않을 거야.'

아버지의 사업 실패로 가세가 기울어 소년은 어릴 때부터 생활전선에 뛰어들어야 했다. 13살 무렵에 행상을 하고 은행원 보조일도 했다. 나중에는 군인으로 복무하기도 했다. 군복무를 마치고 제대를 하니 어느덧 31살이었다. 청년은 길모퉁이에 쪼그려 앉아 담배 한 개비를 물고 한숨을 내쉬었다.

"세월이 왜 이렇게 빨리 가는 거야."

나이는 먹어 가는데 뭐 하나 이룬 것도 없고 참으로 답답했다. 하지만 절망하지 않았다. 막연하지만 부자가 되겠다는 꿈이 있기 때문이었다. 청년은 주머니에서 돈을 꺼냈다. 손바닥 위에 놓인 돈은 50달러, 청년의 전 재산이었다.

"그래, 일단 가자. 성공하려면 시골에 있으면 안 돼. 돈이 몰려 있는 곳으로 가자."

청년은 텍사스로 향했다. 텍사스는 석유의 땅이기 때문에 돈이 넘쳐났다. 텍사스에 도착한 청년은 마음속에 꿈 하나를 품게 되었다.

"그래, 좋았어. 이곳에 은행을 세우는 거야. 텍사스의 돈을 다 쓸어 모을 거야."

허황된 꿈이었다. 당장 먹을 것도 머물 곳도 없었다. 그는 일단 취직부터 해야 했다.

'먹을 것도 해결하고 잠자리도 해결할 수 있는 직업이 뭐 없을까?'

저 멀리 네온사인을 밝힌 호텔 간판이 눈에 들어왔다.

"그래, 호텔이야!"

청년은 호텔 지배인에게 일할 수 있게 해달라고 매달려 가까스로 취직을 했다.

"도대체 이게 뭐야. 매일 손님 가방이나 나르고."

일한 지 두어 달이 흐르자 청년은 조금씩 나태해지고 불만이 쌓였다. 가방을 들어주고 방을 청소하며 팁이나 받는 호텔 벨 보이. 희망이 없어 보였다. 도대체 이 일로 언제 성공할까 생각하니 앞이 깜깜했다.

그러던 어느 날, 선배가 그에게 궂은일을 시켰다.

"자네, 바닥 다 닦았으면 화장실 변기도 깨끗이 닦도록 해."

"예? 화장실 변기요?"

"못하겠나?"

"… 아니요."

변기 청소는 고역이었다. 역겨운 냄새가 코를 찔렀고 더러운 오물을 닦는 것도 꺼림칙했다. 청년은 인상을 찌푸리고 몸을 뒤로 뺀 채 대충대충 청소했다. 잠시 뒤, 선배가 청소 상태를 점검하기 위해 화장실로

왔다. 선배는 맘에 안 들었는지 고개를 저었다.

"이걸 청소라고 한 거야. 도대체 원…. 내가 시범을 보일 테니 잘 보라고."

선배는 변기 주위를 맨손으로 닦더니 더러운 변기 속에 손을 넣어 휘휘 저으며 청소를 했다. 청년은 눈살을 찌푸리며 중얼거렸다.

"선배님, 더러운데…."

선배는 아랑곳하지 않고 변기가 반짝반짝 빛날 때까지 열심히 닦았다. 급기야는 변기의 물을 한 모금 마시기까지 했다.

청소를 마친 선배는 이마에 흐르는 땀을 훔치며 말했다.

"힐튼, 잘 듣게. 일이 크든 작든, 중요한 일이든 사소한 일이든 자기에게 주어진 일이라면 최선을 다해야 한다네. 자네는 이 호텔 사장이 아니라 종업원이야. 변기 닦기는 자네 일일세. 안 그런가?"

선배의 말에 청년은 고개를 끄덕였다.

그 일이 있은 후, 청년의 태도는 180도 달라졌다. 무슨 일이든 최선을 다했다. 몸이 피곤하고 일이 힘겨워도 늘 손님에게 웃는 모습을 보였고, 복도며 현관 구석구석 보이지 않는 곳까지 말끔히 청소했다. 물론 화장실 청소도 열심히 했다. 일을 열심히 하다 보니 마음가짐도 새로워졌다. 무엇보다도 구체적인 꿈이 생겼다.

"언젠가는 내 호텔을 가질 거야."

그의 성실함과 노력 덕분에 꿈은 점점 가까이 다가왔다. 마침내 청년은 한 노인이 운영하는 모블리 호텔을 인수했다.

작고 사소한 일에도 최선을 다하는 자가 큰일도 해낼 수 있다는 진리를 가슴 깊이 새긴 청년은 마침내 호텔업계의 신화로 성장했다. 이 청년이 바로 전 세계에 500여 개가 넘는 힐튼 호텔을 세운 '콘래드 힐튼'이다.

그들만의 눈물을 응원한다

아마존 숲 같은 거대한 꿈을 이루기 위해선 서두르지 말고 작은 나무의 소중함부터 알아야 합니다. 나무 한 그루, 한 그루가 모여 거대한 숲을 이루기 때문입니다.

만리장성 같은 웅장한 꿈을 품었다면 허둥대지 말고 작은 돌멩이의 소중함을 알아야 합니다. 돌멩이 하나하나가 쌓여 웅장한 성으로 태어나기 때문입니다.

우리는 큰 꿈, 큰 성취, 큰 업적을 열망하지만 그것을 이루기 위해서 작은 일, 사소한 일부터 차근차근 이뤄야 한다는 사실은 알지 못합니다. 성공과 꿈이란 크고 위대한 뜻을 세웠다 해도 날마다 일어나는 작고 사소한 일들이 모여 큰 뜻이 이루어지는 것입니다. 작고 하찮다고 해서 무시하거나 거부한다면 위대하고 중대한 일을 스스로 거부하는 것과 마찬가지입니다.

한 작가가 있습니다. 작가는 친구들이 놀러 가자는 제안도 거절한 채 꼬박 3일 밤을 지새우며 집필에 몰두했습니다. 친구들이 다시 찾았을 때, 그는 뿌듯한 표정을 지으며 원고를 내밀었습니다.

"이게 뭐야. 3일 동안 고작 한 줄 쓴 거야?"

"고작이라니. 모든 책은 한 줄로 시작하는 거야."

그렇습니다. 다들 시작은 초라하고 작게 시작합니다. 지금 나에게 주어진 일이 아무리 하찮고 거북한 일이라도 열정을 쏟아야 합니다. 그러면 훗날, 놀라운 결과를 가져올 것입니다.

지금 하는 일을 그만두고 싶을 때, 그 일에 대한 가치를 느끼지 못할 때, 이렇게 생각하면 어떨까요. 그 일은 지구상에 내가 아니면 할 수 있는 사람이 단 한 명도 없다고. 오직 나만 할 수 있는 일이라고.

무슨 일에나 흔들리지 않는 결단만큼
기개 있는 사람을 만들어 내는 요인은 없다.
헤아릴 수 없는 반대와 망설임에 직면해서도
그 장애를 기꺼이 극복하겠다는 의지가 필요하다.

– 루스벨트

마음먹는 순간
행동으로 옮기기

이웃집 남자에게 사랑의 감정을 느낀 여자가 있었다. 그 여자는 숫기 없고 수줍음이 많아 남자와 마주치기라도 하면 고개를 숙인 채 길 가장자리로 피했다.

축 처진 어깨를 하고 집에 돌아온 여자는 거울 속 자신을 바라보며 말했다.

"어휴, 이 바보. 좋아하면 좋아한다고 말하면 되지. 죄를 지은 것도 아닌데 피하긴 왜 피해."

그날 밤도 여자는 가슴앓이를 하며 밤을 지새웠다.

이웃집 남자는 다름 아닌 서유럽 근세철학의 전통을 집대성하고, 전통적 형이상학을 비판하며 비판철학을 탄생시킨 독일 철학자인 임마누엘 칸트였다.

칸트도 그녀에게 호감을 갖고 있었다. 마주칠 때마다 수줍어하는 모습이 순수해보였고, 먼저 지나가라고 길을 열어주는 배려심이 예뻤다.

어느 날, 칸트와 여자가 또 마주쳤다. 여느 때처럼 둘은 아무 말 없이 스쳐 지나갔다. 그런데 갑자기 칸트가 가던 길을 멈추고 빠른 걸음으로 걸어와 여자에게 말을 건넸다.

"이웃에 사는데 인사도 제대로 나누지 못했네요. 안녕하세요. 저는 칸트입니다. 다음부터는 눈인사라도 합시다."

"예. 좋습니다."

여자는 무척 행복했다. 칸트의 눈을 정면으로 바라보고 대화까지 나누었기 때문이다.

"오늘은 정말 행복한 날이야. 다음에 만나면 나부터 인사를 건네야겠어."

여자는 잠을 자기 위해 침대에 누웠지만 자꾸 남자의 얼굴이 아른거렸다. 이불을 뒤집어써도 남자의 얼굴이 사라지지 않았다. 여자는 지독한 그리움과 지독한 사랑에 빠진 것이다.

여자는 사랑의 병에 걸려 몇 날 며칠을 앓았다. 그러다 더는 이렇게 살 수 없다고 생각한 여자는 결단을 내렸다.

'그래, 나와 결혼해달라고 청혼을 하는 거야.'

여자는 용기를 내어 칸트의 집에 찾아갔다.

"칸트 씨, 오랫동안 당신을 좋아했습니다. 아니 사랑하고 있습니다. 마음을 숨기고 살기에는 너무 그리움이 커진 상태입니다. 저는 당신과 남은 인생을 함께하고 싶습니다. 제 마음을 받아주세요."

칸트는 여자의 당당하고 확고한 사랑 고백에 당황스러웠으나 마음은 행복했다.

'저도 당신과 같은 생각입니다. 우리 결혼합시다.'

칸트는 이렇게 말하고 싶었지만 차마 입술이 떨어지지 않았다. 그는 결정을 내릴 때에는 신중하고 또 신중해야 한다고 생각했기 때문이다.

칸트는 마른기침을 하더니 작은 목소리로 말했다.

"죄송합니다. 당장 저의 마음을 말씀드릴 수가 없습니다. 생각할 시간이 필요합니다."

"생각 많이 하시고 연락주세요. 집에서 기다리겠습니다."

여자는 깍듯이 인사를 하고 집으로 돌아갔다.

여자가 다녀간 후, 칸트는 마음이 복잡했다.

'어떻게 하지? 분명 그녀가 좋긴 좋은데. 그렇다고 중요한 결혼을 쉽게 결정할 수도 없고.'

칸트는 이러지도 저러지도 못한 채 깊은 고민에 빠졌다.

'도서관에서 결혼에 관한 서적들을 찾아보자. 결론을 내리는 데 도움이 될 거야.'

칸트는 도서관으로 향했다. 결혼 관련 서적들을 산더미처럼 쌓아놓고 읽어가며 결혼에 대해 좋은 점과 나쁜 점을 철저하게 분석하고 연구했다. 결혼에 대한 연구는 오래도록 지속됐다.

어느 날, 칸트는 도서관 한 귀퉁이에서 주먹을 쥐며 결정했다.

"그래, 선택했어! 결혼하자. 결혼 반대 의견은 350개이지만 결혼 찬성 의견은 380개야. 그녀와 결혼을 하겠어!"

칸트는 결혼이 삶에 있어서 슬픔과 절망보다는 더 많은 기쁨을 준다는 결론을 내렸다. 그는 말끔히 정장을 차려 입었다.

"프러포즈를 하려면 꽃이 있어야지."

꽃집에 들러 장미꽃 한 아름을 사들고 들뜬 마음으로 서둘러 여자의 집으로 향했다. 가는 내내 심장이 두근거렸다. 어떤 말로 고백을 해야 할지 머릿속이 복잡했다.

'당신을 만나기 전 나는 반쪽에 불과했소. 나랑 결혼해주오.'

'꽃은 금세 시들지만 향기는 오래 남듯, 당신이 내 곁에 없었지만 언제나 당신의 향기를 느낄 수 있었습니다. 당신의 남편이 되고 싶습니다.'

드디어 여자의 집 앞에 도착했다. 칸트는 문을 두드렸다.

"문을 열어주세요. 제가 왔습니다. 칸트가 왔습니다. 당신을 원합니다. 우리 결혼합시다."

누군가가 문을 빠끔 열고 얼굴을 내밀었다. 그녀의 아버지였다.

"안녕하세요. 아버님."

"자네가 칸트인가?"

"예."

"그런데 무슨 일인가?"

"댁의 따님을 만나러 왔습니다. 오늘 따님께 프러포즈를 하려고 합니다. 안에 있습니까?"

아버지는 혀를 차며 말했다.

"이제 오면 어떡하나? 내 딸은 진작에 시집 가서 아이를 둘이나 낳았네."

"예?"

칸트는 자기 머리를 쥐어박으며 중얼거렸다.

"어휴, 이 바보. 고민하느라 너무 늦게 왔어."

인생은 선택의 연속입니다. 자장면을 먹을까, 짬뽕을 먹을까. 신호등을 지킬까, 그냥 지나갈까. 일을 대충할까, 힘들어도 꼼꼼히 할까. 운동을 하루 쉴까, 아니면 꾸준히 할까. 하나에서 열까지 우리들은 선택으로부터 자유로울 수가 없습니다.

선택은 중요합니다. 한 번의 선택이 인생의 항로를 바꿔놓을 수도 있습니다. 때문에 신중하고 현명한 선택을 해야 합니다. 혼자의 힘으로 선택하기가 어렵다면 주위에 도움을 청해도 됩니다. 그렇다고 자기 생각은 없이 남의 생각에만 의지해 선택한다면 곤란합니다. 내 인생이 남의 것이 되는 꼴이기 때문이죠.

하지만 선택의 순간에 지나치게 오래 망설이거나 선택을 회피해서는 안 됩니다. 망설임이 길다보면 판단력이 흐려지고 왜 선택해야 하는지 이유조차 잊게 됩니다. 마지막에는 될 대로 되라는 식으로 일을 처리하게 되죠. 그러면 후회만 남습니다.

무언가를 선택할 때에는 이성적이고 정확한 판단으로 빠르게 선택하는 게 좋습니다. 또한 선택했다면 바로 행동으로 옮기는 게 좋죠.

한 가지 예외로 사랑의 선택은 좀 달라야 합니다. 이성으로만 결정해선 안 됩니다. 이성적인 측면과 동시에 가슴, 즉 마음의 끌림도 중요합니다. 사랑은 수학처럼 정확하고 돈처럼 계산할 수 있는 게 아니기 때문입니다. 마음이 끌리고 사랑의 감정이 생기고 자꾸 보고 싶다면 때론 마음의 힘을 믿는 게 좋습니다. 마음의 힘이 머리의 생각보다 강하고 오래 지속될 수 있으니까요.

눈만 뜨면 선택의 기로에 서 있을 모든 청춘들이여, 부디 "내가 어디서부터 꼬여서 여기까지 왔는지 모르겠는데 난 처음부터 이러고 싶었던 거 아니야"라고 후회하는 삶이 아닌 자신의 선택에 자부심을 갖고 성공적인 내일을 맞이하는 인생이 되었으면 합니다.

●
●

chapter 2

이러지도
저러지도 못하는
내 인생을
그들은
청춘이라 말한다

●
●

한계란 없다.
한계는 스스로 정한 비겁함이요,
스스로 거부한 기회며,
스스로 버린 꿈이다.
한계는 벽이 아니라
가볍게 뛰어넘을 수 있는
허들에 불과하다.

사람은 불행해서 우울증이 생기는 것이 아니라
우울증이 있기 때문에 불행한 것이다.
괴롭게 생각하기 시작하면 모든 것이 불행해지는 법이다.
돈이 없는 것도 괴롭지만 돈이 생기는 것도 괴롭다.
명예를 얻지 못하는 것도 괴롭지만
명예를 얻고 난 이후에도 그만한 괴로움은 역시 있는 법이다.
중요한 건 마음가짐이다.

— 알랭

희망의 불씨를
꺼뜨리지 않기

"자네, 소문 들었나? 독일군이 우리를 다 죽인다는군."

"설마 그러겠어."

"아니야. 죽인다고 그랬어."

"수용소에 사람들이 얼마나 많은데, 그 많은 사람을 어떻게 죽이겠어. 그럴 리 없을 테니 걱정하지 마."

"아니라니까…."

1941년 8월, 아우슈비츠 수용소의 분위기는 어느 때보다 무겁고 음산했다. 나치에게 붙잡혀 온 유대인들은 괴상한 소문에 불안해했다.

작업장에서 일을 하던 유대인들은 독일군의 감시가 소홀한 틈을 타 삼삼오오 모여 수근거렸다.

"그 소문 정말이야?"

"그렇다니까. 다른 지역에서는 이미 히틀러가 유대인 수천 명을 죽였다는 소문도 있어. 곧 여기도 그럴 거래."

유대인 청년 밀러는 고개를 내저었다.

"아닐 거야."

그때, 총을 든 독일군 대여섯 명이 작업실로 들어왔다.

"일 안 하고 거기서 뭐해! 이 벌레 같은 놈들, 너희들은 맞아야 정신을 차리지!"

독일군은 개머리판으로 밀러와 동료들을 내리쳤다. 여기저기서 비명소리가 났다.

그날 밤, 밀러는 두들겨 맞은 곳이 쑤시고 아파서 잠을 이루지 못했다. 다른 유대인들 역시 곧 죽을지도 모른다는 불안감 때문에 잠을 이룰 수 없었다.

수용소 생활은 고달팠다. 지옥이 따로 없었다. 빵 한 조각으로 겨우 허기만 달래며 종일 일만 해야 했다. 독일군의 감시 때문에 자유롭게 얘기를 할 수도, 쉴 수도 없었다. 탈출하고 싶어도 삼엄한 감시와 고압 전기가 흐르는 2중 철조망이 수용소를 둘러싸고 있어 불가능했다.

며칠 후, 소문은 현실이 되었다. 히틀러의 유대인 말살정책이 아우슈비츠 수용소에도 미쳤다.

"어린이와 여자, 노인들은 이쪽으로 와."

"어디로 가는 거죠?"

"샤워하러 가는 거니까 잡소리 말고 따라 와."

독일군들은 어린이, 여자, 노인 수백 명을 데리고 수용소 뒤편에 붉은 벽돌로 만들어진 건물로 갔다.

"씻어야 하니까 모두 옷을 벗은 후 안으로 들어가."

유대인들은 옷을 벗은 채 샤워실 안으로 들어갔다. 하지만 그곳은 샤워실이 아니라 독가스실이었다. 노동력이 없는 어린이, 여자, 노인들을 우선순위로 학살하고자 했던 것이다. 그들은 독가스를 마시며 고통스럽게 죽어갔다. 하루에 1천여 구의 시체가 야산에 파묻히거나 화장터에서 소각됐다.

작업장에서 일하는 유대인들은 깊은 절망감에 빠졌다. 사랑하는 가족을 잃은 슬픔과 자신도 언제 죽을지 모른다는 생각에 숨 쉬는 것조차 힘겹고 두려웠다.

그러나 밀러는 달랐다. 지옥같이 절망적인 상황이었지만 웃음을 잃지 않았다. 철조망 아래에 핀 작은 꽃을 보며 마음속으로 다짐을 했다.

'죽음과 공포와 억압밖에 없는 수용소에도 아름다운 꽃이 피는구나. 분명 희망이 있을 거야. 그 희망의 불씨를 꺼뜨리지 않을 거야.'

다음 날에도, 그다음 날에도 유대인들은 수백, 수천 명씩 죽어갔다. 그런 광경을 목격한 다른 유대인들은 더욱 두려움에 떨었다. 끝없는 절망의 늪에 빠졌다. 그럴수록 밀러는 자신의 감정을 추스르고 이를 악물었다. 일을 하면서도, 잠을 자면서도 어떻게 하면 이곳을 빠져나갈까 하는 생각만 했다.

겨울이 깊어질수록 봄이 가까워지고, 절망이 깊을수록 희망은 더 빛을 발한다고 했던가. 한시도 절망하지 않고 희망을 가슴에 품고 산 밀러에게 좋은 기회가 왔다. 날이 저물자 밀러는 독일군이 수백 구의 시체들을 트럭 뒤에 싣는 광경을 목격하게 되었다.

'그래, 바로 저거야.'

밀러는 자세를 낮추고 조심조심 트럭 쪽으로 접근했다. 트럭에는 수많은 시체들이 쌓여 있었다. 옷을 모두 벗어 던진 후 군인들이 잠시 쉬는 틈을 타 재빨리 트럭에 올라탄 밀러는 시체들 속으로 몸을 숨긴 채 죽은 척 꼼짝도 하지 않았다. 살에 시체들이 닿았다. 소름이 돋고 죽은 시체와 눈이 마주칠 때는 끔찍했다. 시체 썩는 냄새가 역겨웠다.

'견뎌야 해. 이겨내야 해. 희망을 믿자. 희망을 믿자.'

밀러는 마음속으로 수십 번, 수백 번 '희망'이란 단어를 되뇌며 악몽 같은 시간을 이겨내려 애썼다.

한 무더기의 시체가 밀러 위에 쏟아지더니 트럭이 어디론가 출발했다. 비록 시체 속에 파묻혀 있는 신세지만 수용소를 벗어나는 순간은 감격스러웠다.

'그래, 이제 살았어. 희망이 나의 손을 들어주었어.'

수용소 뒤편 야산에 트럭이 멈췄다. 트럭은 엄청난 구덩이 안으로 시체를 쏟아부었다. 밀러도 시체와 뒤섞여 구덩이 안으로 떨어졌다.

트럭이 사라진 후 밀러는 밤이 더 깊어질 때까지 기다렸다. 시체들과 함께한 시간, 칠흑 같은 어둠, 모든 것이 두려웠지만 희망의 힘으로 견

더냈다. 마침내 그는 주변에 아무도 없는 것을 확인하고 구덩이를 빠져 나와 벌거벗은 채 달리기 시작했다.

"그래, 달리는 거야. 밤하늘에 빛나는 저 별을 향해, 희망의 불을 향해 달리는 거야."

그는 앞만 보고 마구 달렸다. 가는 곳이 어딘지는 몰랐지만 분명한 건 희망의 길이었고, 자유의 길이었다.

이러지도 저러지도 못하는 내 인생을 그들은 청춘이라 말한다

그들만의 눈물을
응원한다

살다보면 불행이 닥칠 때가 있습니다. 그때 대부분의 사람들은 낙담을 합니다. 왜 하필 나에게 이런 일이 일어날까, 하늘을 원망하고 깊은 한숨을 내쉬며 후회하고 아쉬워합니다.

어느 순간에는 잠시 절망에 빠져도 괜찮습니다. 불행한 일을 당했을 때 절망에 빠지는 게 당연합니다. 하지만 절망한 기간이 길어서는 안 됩니다. 절망이 불행한 상황을 해결해주지 않기 때문입니다. 상황이 더 악화될 뿐 절대 유리한 상황으로 변하지 않습니다. 더구나 절망이 깊어지면 삶의 의욕도, 목표도 사라지게 되고 급기야 인생의 끈을 놓는 지경까지 이르고 맙니다.

오스트리아의 정신의학자인 빅터 프랭클 박사도 유대인이어서 나치수용소에 잡혀갔습니다. 그는 그곳에서 소중한 것 하나를 깨달았습니다. 희망을 포기한 자는 모두 죽어갔지만 희망을 가진 자는 모진 학대와 고문을 당해도 살아남는다는 것입니다. 배고픔과 온갖 고초보다 무서운 게 희망을 놓는 것임을 알았습니다.

희망은 불행한 상황을 이겨내는 처방전입니다. 지금은 상황이 어렵지만 내일과 모레는 더 나아질 거라는 희망이 오늘을 살게 하는 이유가 됩니다.

한겨울에 꽃이 피고, 얼음 속에도 물고기가 살고, 빗속에 무지개가 있듯이 희망은 절망적인 상황에서 더 강해집니다.

희망과 절망 사이에 늘 우리가 있습니다. 고개를 돌리면 희망을 만날 수 있고, 다른 쪽으로 돌리면 절망과 만날 수 있습니다.

당신이라면 어느 쪽을 바라보시겠습니까? 당신은 충분히 좋아질 수 있고 행복해질 수 있습니다. 바로 그게 당신입니다.

신념은 인간에게 가장 중요하다.
그러나 아무리 굳센 신념을 지니고 있더라도
다만 침묵으로 가슴속에 품고만 있으면
아무 소용이 없다.
어떤 대가를 치르더라도 반드시 자신의 신념을
실천하는 용기가 필요하다.
이때 비로소 신념은 생명력을 갖게 되는 것이다.

- 토스카니니

목표를 이룰 때까지
무작정 버텨보기

"도대체 너 왜 그래? 혼자서 뭘 어쩌겠다는 거야?"

"비록 작은 힘이지만 한번 해볼 거야. 이 숲이 사라지는 걸 두고 볼 순 없잖아."

줄리아는 목재회사가 삼나무 숲의 나무를 베어 건축용 목재로 만든 다는 소식을 듣고 숲에 남기로 했다.

"너희들은 돌아가. 난 기필코 숲을 지킬 거야."

"그냥 가자. 우린 여행을 온 거지 여길 지키러 온 게 아니잖아."

"물론 그렇지만 생각해 봐. 너무한 거 아냐? 여기에 온 덕분에 신선한 공기도 마시고 삶의 의욕도 얻었어. 그런데 우리가 이 숲을 위해서 해줄 수 있는 게 뭐지? 우리만 받으면 안 되잖아. 받은 만큼 돌려줘야지. 내가 숲에게 줄 수 있는 건 지켜주는 거야."

친구들은 그녀의 고집을 꺾지 못했다. 결국 모두 떠나고 줄리아 혼자 남았다.

'곧 목재회사의 벌목공들이 들이닥칠 텐데 어떻게 하지?'

그녀는 숲을 지킬 방법을 생각했다.

"바로 그거야."

그녀는 삼나무에 오르기 시작했다. 나무에 오르는 건 쉽지 않았다. 중간에 힘이 부쳐 자꾸만 미끄러졌다. 반나절 동안 오르기와 미끄러지기를 반복했다. 한다면 하는 성격인 줄리아는 마침내 삼나무에 오르는 데 성공했다. 아래를 내려다보니 아찔했다. 이렇게 높은 곳을 어떻게 올라왔는지 스스로도 믿기지 않았다. 그녀는 나무 위에서 혼자 겨우 앉을 수 있는 오두막집을 지었다. 삼나무 숲을 지킬 때까지 아래로 내려가지 않을 작정이었다.

며칠 후, 목재회사의 벌목공들이 큰 전기톱을 짊어지고 나타났다.

"아가씨, 거기서 뭐해? 어서 내려와. 이 나무들 다 베어야 한다고!"

"전 내려갈 수 없어요. 이 나무를 지킬 거예요. 아저씨들이나 나무 벨 생각 말고 어서 돌아가세요."

"허허, 참 당돌한 아가씨네. 좋은 말로 할 때 어서 내려와!"

줄리아는 나무 위에서 버텼다. 그들은 하는 수 없이 후퇴했다. 밤사이에 친구들과 환경단체 회원들이 와서 그녀를 격려하고 음식과 이불, 책 등을 가져다주었다.

며칠 후, 목재회사 직원들이 나타났다. 그들은 줄리아에게 입에 담기도 힘든 욕설을 퍼부었다. 심지어 친구와 환경단체 회원들이 나무 근처에 오는 걸 막아 음식과 옷 등을 받을 수 없도록 했다. 줄리아는 배고프고 추웠지만 나무에서 내려오지는 않았다.

시련과 고통의 시간은 흘러 어느덧 1년이 지났다. 줄리아의 저항이 거세질수록 목재회사 직원들의 공격도 강도가 높아졌다. 어느 날, 고막을 찢을 듯한 굉음과 강력한 바람이 줄리아를 괴롭혔다.

'세상에 이럴 수가…'

그녀는 나무 꼭대기 위에 떠 있는 헬리콥터를 보고 깜짝 놀랐다. 목재회사에서 그녀에게 겁을 주기 위해 헬리콥터까지 동원한 것이다. 너무 놀란 나머지 발을 헛디뎌 떨어질 뻔했다.

'정신 똑바로 차려야 해.'

줄리아는 공포에 질려 눈앞이 캄캄하고 다리가 후들거렸지만 숲을 지켜야겠다는 강한 의지로 나무를 껴안은 채 버텼다. 헬리콥터도 줄리아의 의지를 꺾지 못했다.

며칠 후, 이번에는 자동차 경적소리를 크게 틀었다. 줄리아는 몹시 괴로웠다. 경적소리는 밤새도록 계속되어 며칠 동안 한숨도 자지 못했다. 점점 몸은 지쳐가고 몸살까지 찾아와 급기야 시름시름 앓기 시작했다.

"아가씨, 내려오시지. 이제 며칠만 있으면 2년째야. 도대체 제정신이야? 아가씨가 결국 질 거야. 우리는 절대로 포기 안 해."

"저도 포기 못해요. 이대로 내려갈 수는 없어요. 숲은 자연 그대로 보존되어야 한다고요."

"정말로 내려오지 않을 거야? 정말로?"

"예."

목재회사는 줄리아에게 백기를 들었다.

"우리가 졌소. 당신이 이겼어."

결국, 목재회사는 삼나무를 베지 않겠다고 약속을 했다. 그녀가 아파트 8층 높이의 삼나무 위에 오른 지 738일째의 일이다. 한 사람의 의지와 신념이 지구에서 영영 사라질 뻔한 수천 그루의 삼나무를 구해 낸 것이다.

세상에서 가장 강한 건 무엇일까요? 쉽게 떠올려지는 건 돌과 바위일
것입니다. 하지만 돌과 바위보다 강한 게 있습니다. 바로 쇠입니다. 돌
과 바위도 망치나 해머 같은 쇠뭉치로 내리치면 부서지고 맙니다. 그
럼 쇠가 가장 강할까요? 강하고 단단한 쇠도 뜨거운 불을 만나면 녹고
말지요. 불은 또 물 앞에서 꼼짝 못합니다.

그렇다면 세상에서 가장 강한 건 물일까요? 물론 물의 위력도 대단
하지만 이 모든 것들보다 강한 게 있습니다. 그 무엇과 부딪쳐도 결코
굴복하지 않고 꿋꿋이 맞서는 것, 바로 '신념'입니다.

굳은 신념을 가진 사람은 자신의 목표나 꿈을 달성하기 전까지는 절
대로 포기하는 법이 없습니다. 주위의 시선에 주눅 들지 않고 사람들
의 이런저런 의견에 우왕좌왕하지도 않습니다. 고통뿐인 가시밭길이
라도 마음먹으면 모든 걸 무릅씁니다. 하루도 식지 않는 간절함과 불
타는 열정이 있습니다. 억만금을 준다 해도, 목숨을 위협해도 사람의
굳은 심지는 꺾을 수 없습니다.

과오가 많으면 많을수록 사람은 이전보다 나아진다.
그만큼 새로운 일을 많이 해보았기 때문이다.
나 같으면 한 번도 실책이 없는 사람,
그것도 큰 잘못을 저질러 보지 못한 사람을
최상급의 직책으로 승진시키는 일 따위는 하지 않는다.
실책이 없는 사람은 무사안일주의로 지내온 사람이기 때문이다.

−P. 드리거

틀 밖으로 뛰쳐나와
창조적인 세상 만들기

피카소는 어릴 때부터 자연스럽게 그림과 친해졌다. 아버지가 화가였기 때문이다.

"아빠, 이건 뭐예요?"

"으음, 유화란다."

"나도 그리고 싶다."

"넌 아직 어려서 안 돼."

피카소는 11살이 될 때까지 덧셈, 뺄셈을 몰랐다. 하지만 그림에서만큼은 남다른 재능을 보였다. 웬만한 실력을 갖춘 화가가 그리는 유화를 6살 때부터 그렸고, 19살에는 각종 미술대회에서 상을 휩쓸 정도로 실력을 갖췄다.

피카소는 기존의 화풍에 식상함을 느꼈다.

'왜 모든 그림은 명암과 원근법을 중요시하지? 그냥 느끼는 대로 그리면 안 될까?'

그는 눈에 보이는 그대로의 그림이 아닌 화폭에 생각을 표현하는 입체적인 그림을 그리고 싶었다.

피카소는 파리의 몽마르트 언덕에 자리 잡은 허름한 화실에서 자신만의 그림을 그리기 시작했다. 몇 개월 동안 외출도 하지 않고 오직 그림 그리는 일에만 전념해 작품 한 점을 완성했다. 바로 '아비뇽의 아가씨들'이다.

피카소는 화실로 친구들과 미술 평론가들을 모이게 한 후 그림을 보여줬다. 친구들과 미술 평론가들의 반응은 냉담했다.

"이게 무슨 그림이야! 얼굴이 겹쳐 있고 방향도 무시했잖아!"

"그러게 말이야. 코도 이상하고 기괴한 모양을 한 게 좀⋯."

한 미술 평론가는 피카소의 그림을 보더니 구역질을 하는 시늉까지 했다. 그는 기분이 상했지만 아무렇지 않은 듯 웃어넘겼다. 언젠가는 자신의 작품이 시대를 이끌어갈 거라는 믿음이 있었기 때문이다. 그 후로도 피카소는 자신의 뜻을 굽히지 않았다. 이전 화가들의 화풍을 답습하는 게 아니라 자기만의 독특한 시선으로 세상을 바라보았다.

어느 날, 작품 구상을 하며 쓰레기로 가득한 좁은 골목길을 걷고 있었다. 다른 사람 같았으면 넓고 깨끗한 길로 갔을 텐데 피카소는 왠지 그 골목길이 끌렸다.

"이 길은 왠지 느낌이 좋아. 엄청난 작품 소재가 있을지도 몰라."

쓰레기를 헤치며 막다른 골목까지 간 피카소는 쓰러져 있는 낡은 자전거 한 대를 발견했다. 그는 자전거를 일으켜 세운 후 한참 동안 쪼그리고 앉아 세심히 관찰하다가 순간 뒤로 자빠지고 말았다. 마치 성난 황소처럼 낡은 자전거가 날카로운 뿔을 앞세우고 투우사인 자신에게로 달려드는 것 같았기 때문이다.

"그래, 바로 이거야!"

피카소는 자전거를 끌고 화실로 돌아와 서둘러 해체하기 시작했다.

"황소가 달아나기 전에 완성해야 해!"

해체한 안장과 운전대를 만지작거리더니 두 개를 용접해 강한 힘과 역동성이 느껴지는 황소를 만들었다.

"드디어 완성했어. 좋아. 이 작품의 이름은 '황소머리'다."

'황소머리'는 최근 한 경매장에서 몇백 억이 넘는 값어치를 인정받았다. 피카소는 늘 남들과 다르고자 했다. 많은 비난과 벽에 부딪혔지만 그런 도전이 있었기에 세계적인 거장으로 남을 수 있었다.

색다른 생각을 한다는 건 분명 어려운 일입니다. 매번 가던 길을 마다
하고 다른 길로 갈라치면 낯설고 두려운 생각에 결국 익숙한 길로 가
게 되죠. 공짜로 뮤지컬 티켓이 생긴다 해도 평소에 관심없던 사람이
라면 무용지물이지요. 사람은 낯설고 새로운 것에 대해 무척 경계합
니다. 늘 하던 식으로, 늘 했던 만큼만 해야 실패의 확률이 적고 힘들
지 않기 때문입니다.

하지만 색다르지 않으면 발전이 없습니다. 기존의 것을 파괴하고 남
들과는 다른 생각을 추구해야 합니다. 쓰디쓴 실패의 잔을 들이키게
될지라도 말입니다.

한 호텔에서 있었던 일입니다. 기존의 엘리베이터가 너무 비좁아 한
기를 더 설치할 계획을 세웠습니다. 설계사는 호텔 사장에게 새로운 엘
리베이터를 세우려면 호텔 영업을 당분간 중단해야 한다고 말했습니
다. 공사를 하면 먼지도 많이 날리고 위험하기 때문이었죠. 하지만 호
텔 사장은 공사 중에도 영업을 하고 싶었습니다. 두 사람이 깊은 고민

에 빠져 있을 때 지나가던 청소부 아줌마가 말했습니다.

"건물 외벽에 엘리베이터를 만들면 되잖아요."

그렇습니다. 우물 안에서 아무리 뛰고, 몸을 뒤집고, 지지고 볶아 봤자 결국 우물 안입니다. 우물 밖으로 나와야 새로운 세상을 만날 수 있습니다. 버려야 합니다. 잘못된 습관을, 우울한 생각을, 실패의 경험을, 기존의 것들을. 과거의 틀을 벗어 던지면 미래가 보입니다.

세상에 평균적인 인간이 있을 수 없듯이
평균적으로 살아가는 방법 또한 없다.
한 사람, 한 사람의 경우는
각각 매우 특별한 것이기에.

－E. A 베네트

32색 크레파스에서
나만의 색깔 찾기

감독은 영화 촬영을 중단하고 깊은 고민에 빠졌다. 벼랑에서 떨어지는 장면을 촬영해야 하는데 몸값이 비싼 배우라 직접 연기해달라고 요구하기가 난처했다. 감독은 주위를 두리번거리며 누군가를 찾다가 조감독에게 물었다.

"스턴트맨 어디 있어?"

"오늘은 촬영장에 안 나왔는데요."

"연락해서 빨리 오라고 해!"

"예."

30여 분이 지났을까. 멀리서 오토바이 한 대가 굉음과 함께 바람을 일으키며 촬영장 쪽으로 달려왔다. 한 남자가 헬멧을 벗고 오토바이에서 내리더니 감독에게 인사를 했다.

"안녕하세요. 스턴트맨 성룡입니다."

"어서 오게. 자네의 도움이 필요해."

"무슨 일이죠?"

감독은 성룡에게 주연배우 대신 절벽에서 떨어지는 장면을 맡아달라고 말했다. 그는 잠시 머뭇거리더니 이내 고개를 끄덕였다.

"좋습니다. 해보겠습니다."

"고맙네. 사실 좀 위험한 장면이라 어떻게 해야 할지 난감했어. 사람 모형의 인형을 떨어뜨릴까도 생각해봤지만 현실감이 떨어질 것 같아서 말이야. 자네만 믿겠네."

"예. 걱정 마세요. 그럼 준비하겠습니다."

성룡은 주연배우와 같은 의상을 입고 절벽 앞에 섰다. 감독은 카메라로 성룡을 바라보았다.

"그래, 좋아. 절벽을 향해 달려오다가 그대로 절벽 밑으로 떨어지는 거야. 알겠지?"

"예."

그는 크게 숨을 들이마신 후 주먹을 불끈 쥐었다.

"지금이야! 달려! 액션!"

감독이 큰소리로 외친 뒤에도 쉽게 발이 떨어지지 않았다. 절벽 아래는 바다였지만 다리가 떨리는 건 어쩔 수 없었다.

그는 어릴 때부터 무술을 좋아했다. 물론 영화도 좋아했다. 극장에서 무술영화라도 보고 온 날이면 긴 막대를 휘두르며 주인공의 흉내를 냈고, 큰 나무나 집 담을 타며 액션 영화배우가 되길 꿈꿨다. 지금은 스턴트맨이지만 언젠가는 좋은 기회가 올 거라는 믿음이 있었다.

감독은 다시 한 번 소리쳤다.

"뭐해! 빨리 뛰란 말이야!"

성룡은 절벽을 향해 달려와서 한 치의 망설임도 없이 멋지게 뛰어내렸다.

"오케이!"

감독은 무척 만족했다.

어느 날, 성룡은 촬영장에서 세계적인 배우 이소룡을 만났다.

"안녕하세요. 전 스턴트맨으로 일하고 있는 성룡입니다. 어릴 때부터 선생님은 저의 우상입니다."

"고맙소. 뭐든지 열심히 해보세요. 그럼 좋은 기회가 올 겁니다."

이소룡의 격려에 힘을 얻은 그는 죽기 살기로 일을 했다. 달리는 자동차에서 뛰어내리기, 몸에 불붙이기, 깨진 유리조각 위를 뛰어다니기 등등 위험한 상황에서도 몸을 사리지 않았다.

그런 그에게 좋은 기회가 왔다. 평소 그를 눈여겨봤던 원화평 감독이 제안을 했다. 그는 이소룡과 작업을 했을 정도로 유명한 감독이었다.

"성룡, 자네랑 영화를 찍고 싶네. 어떤가?"

"정말요? 농담 아니죠?"

"당연하지. 자네 무술 실력이면 꽤 괜찮은 영화가 나올 거야. 이소룡처럼 날렵하고 카리스마 넘치고 매서운 눈빛 연기를 할 수 있겠나?"

성룡은 고개를 저으며 단호한 말투로 대답했다.

"저는 이소룡이 아닙니다. 물론 흉내를 낼 순 있지만 절대로 이소룡이 될 순 없습니다. 무엇보다 전 그를 뛰어넘는 배우가 되고 싶습니다."

"자네에게 그럴 만한 무기가 있나?"

"예. 제 얼굴을 보시면 장난스럽고 유쾌하게 생기지 않았습니까? 그래서 말인데 전 심각한 무술이 아닌 재미있고 신나는 무술을 하고 싶습니다. 그게 저만의 스타일이 될 겁니다."

그는 바로 시범을 보였다. 그가 보여준 연기는 술에 취해 무술을 하는 모습이었다. 성룡의 우스꽝스러우면서도 절도 있는 무술 연기를 보고 감독은 고개를 끄덕였다.

"좋아! 자네 뜻대로 하지. 사실 나도 자네 생각을 알아보기 위해 일부러 이소룡 얘기를 꺼낸 걸세. 함께 멋진 영화를 만들어보자고."

그렇게 해서 탄생한 영화가 바로 '취권'이다. 영화 속에서 그는 책상, 우산, 가방, 의자, 거울 등 온갖 잡동사니를 이용해 상대편과 싸웠다. 그가 코믹무술영화 시대를 연 것이다. 그 영화로 인해 성룡은 홍콩은 물론, 아시아 전역에 이름을 알렸다. 이때부터 그는 이소룡의 뒤를 잇는 홍콩 최고의 액션배우로 자리 잡았고, '프로젝트 A', '폴리스 스토리', '용형호제' 등에 출연했다.

스턴트맨 출신답게 그는 매 영화마다 위험한 연기도 대역 없이 직접 소화했다. 물론, 특유의 익살스런 표정 연기도 빠지지 않았다. 그리고 관객을 즐겁게 해주기 위한 그만의 서비스는 성룡의 스타일이 되었다. 영화가 끝난 뒤, 촬영하면서 일어난 재미있는 NG 장면을 보여주는 것이다. 관객들은 그 장면들을 보면서 역시 성룡이구나, 하며 또 한 번 웃을 수 있었다.

그들만의 눈물을
응원한다

중국 춘추시대 월나라의 미인으로 알려진 '서시'. 그녀에게는 뛰어난 미모뿐만 아니라 독특한 매력이 있었습니다. 바로 가끔씩 얼굴을 찡그리는 버릇이 있었습니다. 그녀가 찡그릴 때마다 남성들은 입을 떡 벌린 채 정신을 잃곤 했습니다. 사실 그녀가 그러는 이유는 남성을 유혹하기 위해서가 아니라 심장질환을 앓고 있었기 때문입니다. 이따금씩 찾아오는 고통으로 인해 어쩔 수 없이 얼굴을 찡그린 것인데 워낙 미인이라 그 모습까지도 아름답게 보인 것입니다.

서시의 찡그린 얼굴이 매력적이라는 소문이 온 나라에 퍼졌습니다. 많은 여성들이 서시를 따라 얼굴을 찡그렸습니다.

어느 날, 한 뚱뚱한 여자가 서시처럼 얼굴을 찡그리자 그녀의 남편이 말했습니다.

"가만히 있어도 못생긴 얼굴인데 찡그리기까지 하면 어떻게 해!"

그렇습니다. 모든 여성이 서시가 될 수 없습니다. 그렇다고 실망할 필요는 없죠. 분명 자기만의 매력 포인트가 있으니까요.

물론 남과 다른 자기만의 매력이나 개성을 찾는 게 쉬운 일은 아님니다. 도깨비방망이를 두드리는 것처럼 어느 날 갑자기 매력이 드러나는 게 아니니까요. 세상 모든 일엔 단계가 있기 마련입니다.

첫 번째 단계로 자기보다 우월한 재능을 가진 사람을 흉내 내기부터 하십시오. 열심히 흉내 내고, 따라 하면 어느새 솜씨가 늘고 의욕이 생깁니다.

다음 단계는 바로 자기 솜씨를 응용하는 것입니다. 응용하다 실패도 할 것입니다. 시행착오를 수없이 겪으면 언젠가는 남들과 다른 자기만의 스타일을 발견할 수 있습니다. 개성도 노력의 산물입니다. 노력이 없다면 자기만의 스타일도 없습니다.

인생은 평화와 행복만으로 시종일관할 수 없다.
피로움을 두려워하지도 말고 슬퍼하지도 마라.
참고 인내하면서 노력해나가는 것이 인생이다.
인생의 희망은 늘 괴로운 언덕 너머에서 기다린다.

—맥스뮐러

자신 안에 있는
거인과 맞서기

"여보, 와이셔츠 어디 있어?"

"여기요. 오늘도 늦어요?"

"응. 지역 유지들이랑 저녁 약속이 있어."

"요즘 너무 바쁜 거 아니에요? 그러다 병나겠어요."

"걱정해줘서 고마워. 다녀올게."

그녀는 남편을 배웅하고 거실과 주방을 휙 훑어보더니 짧은 한숨을 내쉬었다. 남편과 아이들이 빠져나간 집 안은 엉망이었다.

"휴, 이걸 언제 치우지."

그녀는 잠시 소파에 앉아 숨을 고른 후 설거지부터 시작했다. 청소기로 거실과 방의 먼지를 빨아들이고, 빨래까지 마무리했다. 집안일을 하다 보니 오전이 훌쩍 지나갔다. 힘들긴 했지만 말끔해진 집을 보니 기분이 좋았다.

기자 생활을 잠깐 한 것 빼곤 20여 년을 전업주부로 살아온 그녀에겐 하루하루가 늘 똑같았다. 날이 어두워지면 아이들과 남편이 돌아오고 그들을 위해 맛있는 음식을 내놓는다. 이런 일상이 가끔 지루하고 한심하다 느껴질 때도 있지만 만족하며 살았다.

어느 늦은 오후, 경찰서에서 전화가 왔다. 전화를 받은 그녀는 큰 충격에 휩싸였다.

"세상에…. 그럴 리 없어요. 그이가 그럴 리 없어요. 자살이라니요! 믿을 수 없어요…."

경찰의 말에 의하면 남편이 자살을 했다는 것이다. 남편이 평소 우울증을 앓고 있긴 했지만 자살할 정도는 아니었다. 그녀로서는 도저히 받아들일 수 없는 일이었다.

몇 날 며칠 동안 식음을 전폐하고 울기만 했다. 하늘이 노랗고 눈앞이 깜깜했다. 그녀에게 있어 남편은 절대적인 존재였다. 그는 똑똑했고 「워싱턴 포스트」 신문사를 「뉴욕 타임즈」 다음가는 유력지로 성장시킨 능력 있는 사람이었다. 그런 남편이 하루아침에 눈앞에서 사라졌다.

"여보, 나만 남겨두고 가면 어떻게 해. 나는 어떻게 해야 해? 신문사는 앞으로 어떻게 해야 하냐고! 왜 대답이 없어? 나에게 길을 좀 보여 달란 말이야."

남편의 죽음으로 인한 절망감은 쉽사리 사라지지 않았다. 그렇다고 언제까지 죽은 남편의 그늘에서만 지낼 수는 없었다.

"남편도 이런 모습을 원치 않을 거야. 내가 멋지게 살길 바랄 거야."

남편을 여의고 가까스로 정신을 차린 그녀는 원하든 원하지 않든 경영 일선에 나서게 됐다. 「워싱턴 포스트」 신문사 회장직을 공석으로 남겨놓을 순 없었기 때문이다.

46살, 제2의 인생이 시작되었다. 모든 것이 두려웠다. 20여 년을 전업주부로 살아온 경력이 전부인데 과연 회사를 잘 이끌어갈 수 있을지, 직원들에게 믿음과 비전을 줄 수 있을지 두려웠다. 더군다나 그녀는 대인공포증이 심했다. 직원들과 첫 대면식에서 나눌 인사를 수십 번 연습해야 할 정도로 수줍음이 많았다.

그녀를 보는 임직원들의 눈빛이 좋지 않았다. 회사 내에 흉흉한 소문도 돌았다.

"글쎄, 우리 신문사가 없어진대. 살림만 하시던 분이 어떻게 회사를 이끌겠어."

"다른 직장 알아봐야 하는 거 아냐?"

소문은 그녀에게까지 들려왔다. 정신이 번쩍 들었다.

"내가 이러면 안 돼. 언제까지 두려워하고 불안해할 수 없어. 내가 불안해하면 직원들도 불안해지지. 변해야겠어. 강하게, 아주 강하게 변해야겠어."

그녀는 이제까지의 삶의 방식을 모두 바꾸기로 했다. 이른 아침에 일어나 여러 개의 신문을 정독하고 경영 서적이나 온갖 잡지들을 닥치

이러지도 저러지도 못하는 내 인생을 그들은 청춘이라 말한다

는 대로 읽었다. 각계 지도층 인사를 만났고 소외된 이웃을 만나 위로해주기도 했다.

그러던 중에 일생일대의 사건이 터졌다. 1972년 6월 17일 미국 대통령 선거를 앞두고, 닉슨 대통령을 재선시키기 위해 비밀공작반이 민주당 본부가 있는 워싱턴 시의 워터게이트 빌딩을 도청한 것이다. 첩보를 입수한 「워싱턴 포스트」가 다음 날 이 사실을 세상에 알리자 닉슨 대통령 측은 그녀를 협박했다.

"그만두는 게 좋을 거요. 계속해서 워터게이트에 관련된 기사를 내보내면 당신의 젖가슴을 세탁기에 넣고 짜겠소."

모욕적인 협박과 권력을 이용한 불이익이 가해졌다. 그녀는 애써 태연한 척했지만 심장이 멎을 듯 두려웠다.

'내가 지금 괜한 일을 하는 걸까? 왜 이렇게 무모하고 겁이 없지? 백기를 들까? 아니야. 진실을 밝히고 알리는 게 언론인의 의무이고 도리야. 물러서면 안 돼. 죽는 한이 있더라도 언론인의 양심을 버려선 안 돼.'

거대한 권력과 맞선다는 건 대단한 용기와 신념이 필요하다. 그녀는 가슴을 움켜쥐고 이를 악물었다. 죽은 남편과 직원들 그리고 자신에게 떳떳하고 싶었다. 평범한 주부가 신문사 최고 경영자에 도전했듯이 부패한 권력에 도전장을 내밀었다.

"편집국장님, 내가 모든 걸 책임지겠습니다. 숨김없이 모든 진실을 보도하세요."

그녀의 강한 신념과 용기 앞에 닉슨 대통령 측은 무릎을 꿇었다. 결국, 닉슨 대통령은 임기를 마치기도 전에 대통령직에서 물러나게 되었다. 이 일을 계기로 「워싱턴 포스트」는 정의와 진실을 말하는 신문으로 사람들에게 인식되었고, 그녀 역시 나약한 여성이 아닌 강하고 비전 있는 경영인으로 다시 태어났다.

전업주부에서 가장 존경받은 언론인으로 우뚝 선 그녀는 바로 '캐서린 그레이엄'이다.

그들만의 눈물을
응원한다

인생은 도전의 연속입니다. 잔잔한 호수처럼 고요하고 평탄한 인생이라
면 걱정 없이 살 수 있어 좋겠지만 인생이 우리를 그냥 놔두지 않습니다.
때론 폭풍우가 몰아쳐 삶을 송두리째 흔들어놓습니다. 누구나 그러하듯
뜻하지 않은 불행들이 찾아오면 당황스럽고, 두렵고 깊은 절망에 빠지
기 마련입니다. '왜 나에게 이런 일이 찾아온 거야' 하고 한탄도 합니다.
그러나 언제까지 한숨만 쉴 수는 없는 노릇이죠. 자기 앞에 놓인 운명
앞에서 판단을 내려야 합니다. 받아들이든지 아니면 회피하든지.

　불행한 일이 찾아온다고 해서 절망할 이유는 없습니다. 달리 생각하
면 타성과 안일함에 젖은 나를 새롭게 탈바꿈시키고자 찾아온 인생의
선물인지도 모릅니다.

　성공과 실패를 가르는 중요한 요소는 도전이냐 회피냐에 달려 있습니
다. 힘들고 두려워 자신에게 주어진 운명을 거부한다면 당장은 편할지
모르겠지만 비겁함의 기억은 평생 당신을 따라다니며 괴롭힙니다.

　세상에 감당할 수 없는 고통은 없습니다. 스스로 받아들이는 순간 고
통은 삶의 일부가 되고, 더 나은 미래를 위한 거름이 됩니다.

똑같은 바람으로도 어떤 배는 동쪽으로 가고, 어떤 배는 서쪽으로 갑니다. 배의 방향을 결정짓는 건 바람이 아닙니다. 바로 돛이죠. 인생의 방향을 결정하는 건 환경이나 주위 사람들이 아닙니다. 바로 자신의 선택에 의해서입니다.

받아들이십시오. 맞서 싸우십시오. 싸움을 하지 않고 이길 수 있는 방법은 없습니다. 도전하지 않고 성취할 수는 없습니다. 설령 도전해 실패를 한다 해도 후회는 남지 않습니다. 오히려 큰 성공을 가슴에 품는 계기를 마련할 수 있습니다. 포기하고 회피하면 성공이라는 목적지에 도달할 수 없습니다.

가진 것 없고, 능력도 부족하고, 아는 게 없다고 해서 지레 겁먹고 도망가지 말고 일단 맞서보십시오. 처음이 어렵지 시작하면 어려울 게 없습니다. 이미 당신 안에는 무슨 일이든 거뜬히 해낼 수 있는 무한능력이 있습니다.

젊은이여, 자기 자신을 무기력하다고 생각해서
절망의 구렁텅이로 빠져드는 일이 없도록 하십시오.
먼저 자기 자신이 무력하다고 생각하지만 않는다면
인간은 누구도 무력하지 않기 때문입니다.

— 펄벅

스스로 만든
벽 뛰어넘기

"도대체 왜 그러느냐?"

왕이 신하에게 물었다.

신하는 아까부터 누군가에게 쫓기는 듯 안절부절못했다. 얼굴은 불안과 두려움으로 가득 차 있었다.

"폐하, 저는 당장 이 도시를 떠나고 싶습니다. 허락해주십시오."

신하는 벌벌 떨며 말했다.

"갑자기 왜 그러느냐? 내가 너에게 섭섭하게 한 일이라도 있느냐?"

왕은 도무지 이유를 알 수 없어 답답해하며 물었다.

왕은 나라를 다스리다 어려운 일이 생길 때면 그 신하에게 많이 의지했다. 지혜가 깊고 현명하여 앞을 내다볼 줄 아는 안목을 가졌기 때문에 그의 말을 따르면 어려운 문제도 쉽게 해결됐다.

"섭섭하다니요? 아닙니다. 그런 게 아니오니 저를 보내주십시오. 지금 당장 이 도시에서 벗어나야 합니다."

여전히 신하는 겁에 질린 표정이었다.

왕은 신하의 손을 잡으며 말했다.

"무슨 사연인지 내게 말을 하라. 그래야 허락을 하든 말든 하지 않겠느냐?"

신하는 한참을 망설이다가 중요한 결심이라도 한 듯 입을 열었다.

"사실은 조금 전 시장 앞 광장에서 '죽음의 신'을 보았습니다. 저는 죽음의 신을 보고 깜짝 놀랐습니다. 물론 죽음의 신도 저를 보더니 놀라는 눈치였습니다. 어서 이곳을 떠나야 합니다. 그렇지 않으면 죽음의 신이 저를 잡아갈 것입니다. 폐하, 저를 이곳에서 벗어날 수 있도록 허락해주십시오."

왕은 눈을 지그시 감더니 고개를 끄덕였다.

"좋다. 너를 평생토록 옆에 두고 싶었으나 죽을지도 모른다니 더 이상 붙잡을 수 없구나. 어서 떠나도록 하라."

왕은 신하에게 자신의 말을 내주었다.

"이 말은 다른 말보다 빠르네. 자네에게 도움이 될 거야."

"고맙습니다. 폐하. 이 은혜 잊지 않겠습니다."

신하는 왕의 말을 타고 서둘러 도시를 빠져나가 사막을 향해 달렸다. 사막을 건너야 다른 도시에 닿을 수 있기 때문이다.

그날 밤, 왕은 깜짝 놀랐다. 시장 앞 광장에서 '죽음의 신'을 보고 만 것이다. 왕은 두려웠지만 조심스럽게 죽음의 신에게 말을 걸었다.

"한 가지만 물어봐도 됩니까?"

"지금 난 아주 바쁘오. 누군가를 데리러 가야 하오."

"그래도 내 말 좀 들어주시오."

"좋소. 궁금한 게 뭐요?"

"오전에 제 신하가 당신을 봤다고 합니다. 아직 유능하고 젊은 사람입니다. 그는 내 옆에서 많은 일을 도와야 합니다. 그의 도움이 필요한데 왜 데려가려고 합니까? 제발 살려주시오."

왕은 간곡히 부탁했다.

그러자 죽음의 신은 황당하다는 듯 말했다.

"그게 무슨 소리요? 내가 그를 데려간다니? 나는 단지 그를 보고 좀 놀랐을 뿐이오."

"당신이 놀랄 일이 뭐가 있소?"

왕은 죽음의 신에게 따지듯 물었다.

죽음의 신은 머리를 긁적이며 말했다.

"사실 나는 병이 깊이 든 한 노인을 데려가려고 시장 앞 광장에서 배회한 거요. 한데 생각지도 못한 당신 신하를 만난 거요."

"그렇다면 그는 오늘 죽지 않는단 말이오? 괜히 내 신하가 이 도시를 떠났군요. 유능한 사람이 떠났으니 정말로 안타까운 일이오."

왕은 당장이라도 신하를 불러들이고 싶었다.

그러자 죽음의 신은 고개를 내저었다.

이러지도 저러지도 못하는 내 인생을 그들은 청춘이라 말한다

"아닙니다. 그냥 내버려두시오. 그가 선택한 일이오. 나는 지금 빨리 가야 합니다. 오늘 밤에 그 신하는 나와 만나기로 되어 있소. 바로 사막에서 말이오."

그 들 만 의 눈 물 을
응 원 한 다

새로운 일에 대한 두려움, 새로운 만남에 대한 두려움, 죽음에 대한 두려움, 병에 대한 두려움, 이별에 대한 두려움, 새로운 관계에 대한 두려움, 발표에 대한 두려움, 개에 대한 두려움, 복숭아에 대한 두려움, 콜라에 대한 두려움, 빙판에 대한 두려움 등등.

이 세상에는 보편적인 두려움에서부터 개인적인 두려움까지 헤아릴 수 없을 정도로 많은 두려움이 있습니다. 그 두려움 속에서 사람들은 살고, 고통받고 있습니다.

두려움이 눈에 보이는 것이라면 밀치거나 도망가거나, 하다못해 안보면 그만이지만 보이지 않으니 더욱 벗어나기 힘듭니다. 눈을 감아도 두렵고, 생각하지 않으려 해도 어느새 마음 전체를 점령해버리고, 쫓아내려고 고함을 질러도 끝내 달라붙어 있습니다.

두려움이란 완전히 없앨 수 없습니다. 누구나 감당해야 할 두려움이 있습니다. 두려움을 안고 살아야 하는 게 인간의 운명이죠. 그렇다고 두려움에 떨며 살 수만은 없습니다.

우리가 할 수 있는 최선은 두려움을 최소화하는 것입니다. 두려움 없는 삶을 살기 위해서는 우선, 현재에 충실해야 합니다. 과거의 부정적인 감정이나 상처에 사로잡혀 현실을 도피하고, 현재의 시간을 헛되이 보낸다면 더 깊은 두려움의 수렁에 빠지게 됩니다. 냉면을 먹고 배탈이 난 적이 있다고 해서 다음번에도 배탈이 나라는 법은 없습니다. 과거의 기억 때문에 여름에 시원한 냉면 한 그릇도 못 먹는다면 얼마나 억울한 일입니까? 생각을 버리고 받아들이면 두려움은 기쁨이 됩니다.

둘째는 미래에 대한 준비가 있어야 합니다. 한 치 앞도 알 수 없는 미래지만 철저히 준비한다면 하루하루가 행복하고 미래가 풍요로워집니다. 아무런 준비 없이 하루를 산다면 그것만큼 위태로운 건 없습니다.

영국의 정치가이자 문인인 벤저민 디즈레일리는 "사람이 인생에서 성공하는 비결은 기회가 다가올 때 그것을 받아들일 준비가 되어 있는가, 그렇지 않은가에 달려 있다"고 말했습니다. 준비가 덜 된 사람에겐 모든 것이 두렵지만 준비된 사람에겐 모든 것이 기회이며 도약의 시발점입니다.

요즘 사람들이 느끼는 두려움 중에 하나가 남 앞에서 발표하는 것입니다.

'내가 잘할 수 있을까?'

'중간에 말문이 막히면 어떻게 하지?'

'실수해서 창피를 당하면 큰일인데.'

'시선을 어디에 둬야 하지?'

만약 이와 같은 두려움이 마음에 가득 차 있다면 별다른 방법이 없습니다. 그것을 이기는 방법은 오직 준비뿐입니다. 20분 발표를 한다면 적어도 5배인 100분을 준비해야 합니다. 준비가 철저하면 일단 실수가 줄어들고 자신감이 생깁니다.

일전에 나이팅게일도 "사람이 5년 동안 같은 주제에 대해 매일 1시간만 투자한다면 반드시 그 주제에 관한 전문가가 될 것이다"라고 말했습니다. 당신도 지금 준비하십시오.

그림을 그리든지 노래를 부르든지
조각을 하든지 즐거움을 위하여 하라.
비록 굶주린다 하더라도 당신이 가장 사랑하는 일을 하라.
명예를 바라고 일하는 사람은 자주 그 목적을 잃는다.
돈을 위하여 일하는 사람은 자기 영혼과 돈을 바꾼다.
일을 위하여 일하라. 그러면 이것들은 당신을 따라올 것이다.

-K. 콕스

일에 쫓기지 말고
즐겁게 일하기

"야호~ 크리스티앙 디오르 선생님의 양장점을 알아냈어!"

피에르 가르뎅은 잡지를 읽다가 갑자기 환호성을 지르며 펄쩍펄쩍 뛰었다. 잡지에 세계적인 디자이너 크리스티앙 디오르의 근황과 양장점의 위치까지 적혀 있었다. 피에르 가르뎅은 예전부터 크리스티앙 디오르가 운영하는 양장점에 가보고 싶었다. 그는 어릴 때부터 옷에 관심이 많았다. 평범하게 보이는 옷을 자기 멋대로 요란하고 화려하게 고쳐 입는가 하면 친구들의 옷차림에 대해 이러쿵저러쿵 참견을 했다.

"그래, 디오르 선생님께 찾아가자."

그는 창고에서 자전거를 꺼냈다. 오랫동안 방치한 자전거라 녹슬고 먼지투성이었다. 자전거의 먼지를 털어낸 피에르 가르뎅은 파리 시내를 지나 디오르의 의상실을 향해 달렸다. 밤이 되어서야 디오르의 양장점이 있는 마을에 도착했다. 하지만 너무 늦게 도착한 탓에 양장점은 문이 닫혀 있었다. 어쩔 수 없이 그는 양장점 앞에 쪼그려 앉아 잠을 청했다.

다음 날, 누군가 자고 있는 피에르 가르뎅의 어깨를 흔들었다. 바로 크리스티앙 디오르였다.

"여보게, 젊은이. 일어나게. 왜 남의 가게 앞에서 잠을 자고 있나?"

눈을 비비며 일어난 그는 디오르와 눈이 마주치자 순간적으로 고개가 땅에 닿을 듯이 인사를 했다.

"안녕하세요. 잡지에서 뵈었습니다. 정말 멋지시네요."

"누군가, 자네는?"

"저는 디자이너가 꿈인 피에르 가르뎅입니다."

그는 디오르 앞에 무릎을 꿇었다.

"선생님, 제발 저를 받아주십시오. 선생님의 제자가 되고 싶습니다. 어떤 일도 좋습니다. 시키는 대로 다 하겠습니다."

디오르는 잠시 고민을 하더니 흔쾌히 허락했다.

"그래, 좋네. 이곳에서 밤새 나를 기다린 자네의 노력이 기특해서 허락함세."

양장점에서 일하게 된 그는 1년이 넘도록 잔심부름만 했다. 커피 타기는 물론 담배 심부름, 옷감 배달, 심지어 화장실 청소까지 했지만 단한 번도 짜증을 내거나 불평을 늘어놓지 않았다. 언제나 싱글벙글 미소를 지으며 일했다.

하지만 그의 동료는 잔뜩 찌푸린 얼굴로 불만을 토로했다.

"도대체 이게 무슨 꼴이야! 디자인을 배우려고 왔지, 우리가 잡일이나 하러 여기 온 거야? 안 그래?"

"시키는 일을 열심히 하다보면 나중에 기회를 주시겠지."

"기회는 무슨! 너는 뭐가 그리 좋아서 싱글벙글이야?"

"당연히 좋지. 내가 좋아하는 일을 하잖아."

결국, 동료는 양장점을 뛰쳐나갔다.

몇 달 후, 디오르는 피에르 가르뎅을 불렀다.

"그래, 그동안 궂은일을 마다치 않고 열심히 해줘서 고맙네. 이제 자네에게 의상 디자인에 대해 가르쳐주겠네."

"정말요? 고맙습니다. 정말 열심히 배우겠습니다."

그는 디오르로부터 재단과 재봉 등 패션의 전 과정을 배웠다. 밤새 옷과 씨름을 하며 솜씨를 익히고 자기만의 개성을 덧붙였고, 마침내 그가 만든 의상이 큰 인기를 얻기에 이르렀다.

피에르 가르뎅은 백발이 되어서도 손에서 천과 가위를 놓지 않았다. 이런 그가 1981년, 파리의 최고급 식당인 '맥심 레스토랑'을 인수하기로 했다. 건강을 염려한 지인들은 한사코 말렸다.

"하루 종일 일하면서 또 무슨 일을 벌이려고 그러나? 그러다 쓰러지겠네."

"아무리 힘들고 바빠도 즐거운 마음으로 일을 하면 문제없네."

그는 레스토랑을 인수했고 자기만의 독특한 멋으로 가게를 꾸몄다.

단순히 음식만 파는 식당이 아닌 그림과 음악, 책이 있는 문화형 레스토랑으로 재탄생시켰다. 낮에는 레스토랑 일을 하고, 밤에는 패션 디자이너로 살면서 두 마리 토끼를 다 잡았다. 지칠 만도 한데 얼굴은 늘 미소가 가득했다. 일하는 순간이 최고의 기쁨이라는 것을 그는 잘 알고 있었기 때문이다.

어릴 적부터 아나운서의 꿈을 품었다고 해서 성인이 된 후에 아나운서로 일한다는 보장은 없습니다. 노력해서 꿈을 직업으로 갖는 행운의 주인공이 될 수도 있겠지만 사실 꿈과 직업을 일치시키기는 힘든 일입니다. 설령 어릴 때 꿈꿔왔던 일을 직업으로 얻었다고 해도 마냥 행복한 건 아닙니다. 꿈일 때는 그 일이 좋아 보이지만 막상 생계 수단이 되면 흥미를 잃게 되거나 질릴 때도 있습니다.

그나마 원하는 일과 직업이 같을 때는 행복합니다. 하지만 대다수의 사람들은 자기가 원치 않는 일을 하는 경우가 많습니다. 먹고살기 위해서 어쩔 수 없이 일하게 되죠. 그게 현실입니다. 이런 경우엔 대개 일하는 동안 짜증도 나고 회의를 느끼기도 합니다. 그러다보면 자연스레 일의 능률은 오르지 않고 인생이 허무하게 느껴집니다.

인간으로 태어난 이상 일을 해야 한다는 건 분명한 사실입니다. 이왕 해야 할 일이라면 열정을 다해 즐거운 마음으로 하는 건 어떨까요? 행복과 불행은 외부에서 오는 거라 생각하기 쉽지만 그건 자기 스스로 만들고 선택하는 겁니다. 아무리 하기 싫은 일도 마음을 고쳐먹고 즐거운 마음으로 임한다면 좋아지게 마련입니다. 또한 그 일을 통해서 성공의 기회를, 행복의 기쁨을 발견할 수 있습니다.

　시장 한쪽에서 노인이 양파를 팔고 있었습니다. 신사가 노인에게 다가가 물었습니다.

"양파 한 줄에 얼마씩 합니까?"

"2천 원입니다."

"그럼 두 줄은 얼마입니까?"

"당연히 4천 원이죠."

"세 줄은 얼마죠?"

"6천 원입니다."

　신사는 약간 인상을 쓰며 말했습니다.

"세 줄 살 테니까 좀 깎아주시죠."

"안 됩니다."

"그럼, 여기에 있는 거 다 사면 깎아주실 건가요?"

노인은 고개를 내저었습니다.

"다는 팔지 않습니다."

"왜요? 장사하려고 여기 나온 거 아닙니까?"

"물론 그렇긴 한데 그보다도 양파를 다 팔고 나면 심심해서 어떻게 합니까? 일거리가 없으면 전 못 삽니다."

노인의 말처럼 일 자체가 힘들고 안 힘들고를 떠나서 일거리가 있다는 게 좋은 겁니다. 일을 하고 싶어도 일자리를 구하지 못한 사람들도 있고, 신체적인 장애로 하루하루를 그냥 보내는 사람도 있습니다. 그런 사람에 비하면 땀 흘려 일한다는 게 참으로 행복한 일이고 즐거운 일입니다. 자기에게 주어진 일에 최선을 다합시다. 그게 바로 꿈이고, 행복이고, 성공이 아닐까요.

●

●

chapter 3

사랑하고
후회하는 게
청춘이다

●

●

사람 안에 사랑이 있고 사람 안에 행복이 있고
사람 안에 희망이 존재하는 것이다.

다시 사람을 그리워하라.
다시 사랑에 젖어들라.
다시 따뜻한 가슴으로 다가가라.

살아가면서 때론 남에게 상처를 주고
또 상처를 받기도 하지만
어떤 이유로든 받았던 상처는 잘 잊히지 않는다.
그래서 상처 준 상대를 미워하는 마음으로 평생을 살아가기 쉽다.
그러나 미워하는 마음은
자신에게도 가슴 아픈 일이며 괴로움의 연속일 뿐이다.

- 릭 워렌

용서의 지우개로
아픔 지우기

"당신, 오늘은 왜 이렇게 일찍 나가요?"

"매장 청소 좀 해야 해. 어제 매장 문을 늦게 닫았잖아. 청소를 해야 했는데 너무 피곤해서 그냥 들어온 거야. 빨리 나가서 정리를 해야 손님을 맞지."

"당신, 요즘 너무 피곤해 보여요. 무리하는 거 아니에요?"

"어쩔 수 없잖아. 다른 나라에서 산다는 게 쉬운 일인가. 열심히 일해서 보란 듯 성공해야지. 다녀올게."

대문을 열고 나갔던 동윤이 잠시 뒤 다시 집 안으로 들어왔다.

"당신, 왜 그래요? 뭐 놓고 간 거 있어요?"

"그게 아니고…."

동윤이 머리를 긁적거리자 아내는 피식 웃으며 말했다.

"공주님들 한 번 더 보고 가려고 그러죠?"

동윤은 자고 있는 두 딸을 보며 흐뭇한 미소를 지었다. 아내에게 입맞춤하는 것도 잊지 않았다.

"우리 왕비도 사랑해."

"난 괜찮아요. 우리 공주들한테 더 잘해주세요."

"나 정말 갈게."

동윤에게는 아내와 2살과 이제 2개월 된 두 딸이 있었다. 하루하루 힘겨운 나날이지만 가족을 생각하면 힘이 솟았다.

아메리칸 드림을 꿈꾸며 17살에 미국행 비행기에 몸을 실었다. 젊어서 고생은 사서 한다는 말처럼 궂은일을 마다치 않고 열심히 일했다. 식당에서 접시 닦기와 건물 청소는 물론 음식 배달도 했다. 힘든 날들이었지만 견딜 만했다. 젊었을 때 한 푼이라도 더 모아 남부럽지 않게 잘 살고 싶었다.

동윤은 LA에서 줄곧 살다가 샌디에이고로 넘어왔다. 누나 내외와 함께 일하다 몇 해 전에 커피숍과 잡화전문점의 운영권을 얻어 어엿한 사장이 되었다.

출근길, 두 딸을 생각하며 즐거운 마음으로 매장으로 향했다. 여느 때와 다를 것 없는 하루가 시작되었다. 어제 미처 정리하지 못한 물품들을 정리하고 매장 구석구석 깨끗이 청소를 했다.

"이제 좀 산뜻해졌네. 그나저나 우리 공주님들은 일어나 밥은 먹고 있는지 모르겠네."

일하는 중간 중간에도 사랑스러운 두 딸이 눈앞에 아른거렸다.

그때, 전화 벨이 울렸다.

"동윤아, 큰일 났어!"

한동네에 사는 친구였다.

"무슨 일이야? 뭐가 큰일 났다는 거야?"

"동윤아, 너희 집에 비행기가 떨어졌어."

친구의 말에 그는 어이가 없어 껄껄껄 웃으며 말했다.

"너 지금 장난하니? 그렇게 할 일 없어? 할 일 없으면 매장에 나와서 일 좀 도와 줘."

"장난 아니야. 정말이라니까. 라디오 틀어 봐."

동윤은 서둘러 라디오를 켰다. 속보를 알리는 아나운서의 목소리가 몹시 흥분해 있었다.

"속보입니다. 훈련비행을 마치고 미라마르 해병대 비행장으로 귀환하던 미 해병대 소속 전투기 F/A-18 호넷이 샌디에이고 외곽의 한 집에 추락했습니다. 그 집은 한국인 윤동윤 씨의 집으로 알려졌습니다. 현재 소방대원들과 군인들은…."

동윤은 가슴이 철렁 내려앉았다. 그는 넋이 나가 안절부절못한 채 집으로 향했다. 집은 폭격을 맞은 듯 주저앉아 있었다.

"내 아내와 딸은 어떻게 됐습니까?"

동윤은 소방대원에게 가족의 생사를 물었다.

"지금 수색 중입니다. 차분히 기다려주세요."

"내가 차분할 수 있겠어! 당신 가족이 죽었다면 차분할 수 있겠냐고!"

그는 미친 듯 절규했다. 너무나 큰 충격을 받은 동윤은 그 자리에 쓰러지고 말았다.

며칠이 지났다. 아내와 두 딸의 시신이 수습됐다. 동윤은 폐허가 된 집터에서 울부짖었다.

"세상에 왜 이런 일이 나한테 일어나야 해! 도대체 왜 이런 일이. 앞으로 어떻게 살라고! 하느님, 왜 저에게 이런 시련을 주십니까!"

하루아침에 가족을 잃은 동윤. 그가 슬퍼하는 모습을 보고 동네 사람들과 소방대원, 군인 그리고 방송국 기자들도 눈시울이 붉어졌다.

기자회견이 열렸다. 동윤은 수많은 카메라 앞에 섰다. 세상을 향해 내뱉을 그의 첫 마디가 과연 무엇일지, 기자들과 사람들의 이목이 집중됐다.

"지금 심정을 말씀해주십시오."

동윤은 눈물을 거두고 힘겹게 입을 열었다.

"지금 내가 어떤 감정을 가져야 할지, 어떻게 해야 할지 잘 모르겠습니다."

잠깐의 침묵이 흐른 후, 한 마디 한 마디 말을 이어갔다.

"… 탓하지 마십시오. 얼마나 괴롭고 힘들겠습니까. 그를 위해 기도해주십시오."

한 기자가 고개를 갸우뚱하며 물었다.

"동윤 씨, 지금 누구를 말씀하시는 겁니까?"

"… 조종사는 살았다고 들었습니다. 그를 용서합니다. 그 조종사가 살아가는 동안 고통을 받지 않도록 기도하겠습니다. 분명 그도 최선을 다했을 겁니다."

가족을 잃은 가슴 찢어지는 고통 속에서 조종사에게 아름다운 용서를 베푼 동윤에게 미국 사람들은 큰 감동을 받았다. 아름다운 용서를 남긴 채 그는 어디론가 사라졌다.

그들만의 눈물을
응원한다

1973년 '소녀의 절규'라는 사진이 퓰리처상을 수상했습니다. 네이팜탄 (3,000도의 화염을 내는 폭탄) 공격으로 화상을 입은 소녀가 벌거벗은 채 공포에 질려 울부짖으며 도망치는 모습을 사진기자 닉 우트가 찍은 것입니다. 그 사진 한 장으로 세상 사람들은 전쟁이 얼마나 참혹한지 알게 됐습니다. 사진 속 주인공인 킴 푹은 당시 9살이었는데, 얼굴을 제외한 전신에 화상을 입고 17번의 수술 끝에 간신히 목숨을 구했습니다. 폭격으로 인해 부모도 잃고 하루하루를 고통 속에서 지내야 했던 킴 푹. 이제 중년이 된 그녀는 지난날을 회상하며 이렇게 말했습니다.

"전쟁으로 인해 나는 모든 것을 잃었습니다. 가족도 잃고, 화상으로 인해 지금도 고통의 시간을 보내고 있습니다. 하지만 누구도 원망하지 않습니다. 폭탄을 떨어뜨린 조종사를 만날 수 있다면 이렇게 말하겠습니다. '당신을 용서합니다. 괴로워하지 마세요.'라고. 그도 분명 나처럼 고통스러운 날들을 보냈을 테니까요."

실제로 그녀는 당시 폭격을 한 군인을 만났습니다. 그녀는 아무 말 없이 그를 껴안았습니다. 둘은 한참 동안 눈물을 흘리며 서로의 마음을 위로해주었습니다.

용서한다는 것은 말처럼 쉬운 일이 아닙니다. 상대방이 거친 말투로 덤비는데 어찌 화를 내지 않고 가만히 있겠습니까. 상대방이 가슴 아픈 상처를 주는데 어찌 묵묵히 있겠습니까. 상대방이 오만불손함으로 화를 돋우는데 어찌 태연한 표정을 짓겠습니까.

이처럼 상대방의 태도에 따라 화내고 미워하며 저주하는 게 보통 사람들의 감정입니다. 그만큼 용서라는 게 어렵습니다. 그러나 우리 주위에는 진정한 용서로 세상을 아름답게 수놓은 사람들이 종종 있습니다. 그들이 있어 세상이 정화되는 건 아닐까요.

당신도 용서의 마음을 갖는 건 어떨까요. 지금 누군가를 미움과 시기로 저주한다면 이제 지우개로 싹싹 지우세요. 대신 용서의 꽃을 그의 가슴에 심어주세요. 그게 진정으로 이기는 일입니다.

삶은 하나의 노래, 그것을 부르십시오.
삶은 하나의 놀이, 그것을 즐기십시오.
삶은 하나의 도전, 그것과 마주하십시오.
삶은 하나의 꿈, 그것을 실현하십시오.
삶은 하나의 희생, 그것을 제공하십시오.
그리고 마지막으로 삶은 곧 사랑.
그것을 나누십시오.

ㅡ사이 바바

사랑 외에는 아무것도
생각하지 않기

세계적인 패션모델이며 방송 진행자인 하이디 클룸에게는 특별한 남자가 있다. 바로 가수이자 남편인 씰이다.

클룸은 남들보다 빠른 속도로 성공했지만 사랑에서만큼은 우여곡절이 많았다. 독일 슈퍼모델 선발대회에서 우승을 한 후, 유명 스포츠 잡지 표지 모델로 활동하며 전 세계에 이름을 알렸고, 마침내 할리우드로 진출하게 되었다.

그녀는 모델 활동으로 바쁜 나날을 보냈다. 그래서 헤어 스타일리스트인 남편 릭 피피노와 오붓한 시간을 보낼 수 없었다. 둘은 서로에게 소홀해졌고 결국 결혼 5년 만에 남남이 되었다. 그 후, 그녀는 세계적인 갑부 플라비오 브라이토레와 만났다.

"플라비오, 당신을 사랑합니다."

"나도 그렇소. 클룸."

플라비오는 바람기가 많은 사람이었다. 클룸과의 사랑도 그리 깊게 생각하지 않았다. 그저 스쳐가는 많은 여자 중에 한 사람으로 생각했다. 결국, 플라비오는 클룸에게 이별을 선언했다.

"난 더 이상 네가 필요 없어."

"왜 그래요? 내가 뭐 잘못한 거라도 있나요?"

"그런 건 묻지 마. 그냥 여기서 끝내."

"그럴 순 없어요."

그녀에게는 헤어질 수 없는 이유가 있었다. 임신을 했기 때문이다.

"당신의 아이를 가졌어요."

그러자 플라비오는 뒤로 물러나며 비겁한 모습을 보였다.

"그 아이가 내 아이라는 증거라도 있어? 난 모르는 일이야. 그러니 당신 맘대로 해."

그녀는 임신한 상태로 플라비오에게 버림받았다. 그녀는 눈물로 하루하루를 견디며 보냈다.

5개월이 지난 어느 날, 그녀는 친구를 만나기 위해 호텔에 갔다. 그런데 호텔 로비에서 생각지도 못한 운명적인 만남이 기다리고 있었다. 그녀의 눈에 자전거 경주복을 입은 남자가 들어왔다. 그는 바로 지금의 남편인 씰이었다. 씰 역시 그녀를 보고 호감을 느꼈다.

둘의 사이가 점점 가까워지자 그녀는 조심스레 씰에게 고백했다.

"나 아이를 가졌어요. 이제 6개월째 접어들어요."

"아, 그렇군요. 어쩐지 배가 나왔다 싶었어요. 그런데 그게 왜요?"

"왜라니요? 이런 몸으로 당신을 어떻게 만나죠? 전 자격이 없어요."

그녀는 고개를 푹 숙였다.

씰은 그녀의 어깨를 감싸며 따뜻한 음성으로 말했다.

"당신이 가진 아이는 분명 하늘이 주신 선물입니다. 나에게도 마찬가지입니다. 다른 생각은 말고 선물이 세상에 잘 나올 수 있도록 그것만 생각합시다."

씰은 그녀를 위해 임신 축하파티를 열어주고 아픈 상처를 보듬어주었다.

세상 사람들은 둘의 사랑을 부정적인 시선으로 바라봤다.

"곧 헤어질 거야!"

"서로 전혀 어울리지 않아! 백인 클룸과 흑인 씰. 이건 '미녀와 야수'가 따로 없군."

씰은 사람들의 우려와 시선에 신경 쓰지 않았다. 계속해서 자신의 사랑을 키워갔다. 마침내 클룸은 귀여운 아이, 레니를 낳았다.

클룸은 레니와 씰을 번갈아보며 말했다.

"앞으로 레니를 어떻게 하죠?"

씰은 망설임 없이 대답했다.

"어떻게 하긴 뭘 어떻게 해? 당연히 내 아이니깐 내 호적에 올릴 거야."

둘은 다시 한 번 사랑을 확인하고 결혼에 이르렀다. 결혼한 후에 둘 사이에 아이가 생겼다. 많은 사람들이 축하해주었다. 신문기자가 씰에게 소감을 물었다.

"씰, 지금 첫아이가 생겼는데 기분이 어떻습니까?"

그는 고개를 내저으며 말했다.

"지금 기자님께서 잘못 알고 있는 것 같습니다. 나에게 첫째는 바로 레니입니다. 오늘은 둘째가 태어난 날입니다. 둘째를 보니 무척 행복합니다."

씰의 따뜻한 마음씨에 클룸은 또 한 번 감동했다.

클룸과 씰, 둘은 연예계 활동을 왕성하게 하며 여전히 아름다운 사랑을 하고 있다.

사랑의 범주는 넓습니다. 정의를 내리기도 힘들고 범위를 정하는 것도
어렵습니다. 다만 우리가 사랑 앞에 취해야 할 태도는 단 한 가지입니
다. 바로 진실한 마음, 즉 진심입니다. 진심이 없다면 그건 사악한 유혹
이며 가벼운 욕망일 뿐입니다. 진심 없는 사랑은 상처를 줄 뿐만 아니
라 자신의 감정까지 파괴하는 독입니다.

영화 슈퍼맨으로 잘 알려진 배우 크리스토퍼 리브는 낙마로 인해 전
신마비가 왔지만 아내로부터 진정한 사랑을 깨닫습니다. 그는 사랑에
대해 이렇게 정의합니다.

> "나에게 기적은 다시 일어서는 것이 아니라 사랑하는 아내와 하
> 루하루를 함께하는 것입니다. 사랑하는 사람과 함께 하는 삶은
> 날마다 기쁨이고 기적입니다."

사랑은 거창한 게 아닙니다. 사랑하는 사람 옆에 있으면서 슬픔과 웃
음을 나누며 함께 꿈을 꾸는 것입니다.

사랑이라는 것은 행복을 위해서 있는 것이 아니다.
사랑이란 우리가 슬픔과 무거운 짐을 지고 괴로워하면서도
얼마나 굳세게 참아 나갈 수 있는가 하는 것을
우리에게 보여주기 위해서 있다.

– 헤르만 헤세

마지막까지
소중한 존재 되어주기

결혼한 지 10여 년이 지났지만 아이를 낳지 못한 부부가 있었다. 주위에서는 그들을 안타까운 시선으로 바라보았다.

"결혼한 지 꽤 됐는데 왜 아이가 없지?"

"그러게 말이야. 둘 중에 누가 문제가 있는 거 아냐? 아니면 둘 사이가 좋지 않던지…."

부부는 그런 말을 들을 때마다 속상했다. 하지만 부부의 애정전선에는 문제가 없었다. 둘 사이에 아이는 없지만 서로를 위하는 마음은 참으로 대단했다. 남편도 아내도 매일 아침 모닝 키스를 하며 행복한 하루를 시작했다. 문제는 남편의 어머니였다.

"다른 집 며느리는 애만 잘 낳던데 너는 대체 왜 하나도 못 낳니? 그러고도 며느리가 될 자격이 있다고 생각하니? 나는 우리 집안 대가 끊기는 꼴은 못 보겠다. 당장 나가렴!"

아내는 그런 말을 들을 때마다 눈물을 흘렸다. 결국 시어머니의 구박을 견딜 수 없어 이혼을 하기로 맘먹었다. 남편은 괴로운 마음에 스승을 찾아갔다.

"아내가 너무 불쌍합니다. 그 사람에게 너무 미안해요. 제가 아내에게 해줄 수 있는 게 없을까요?"

스승은 잠시 고민에 잠겼다.

"아내를 위해 성대한 파티를 열어주게. 그 파티에서 아내에게 아주 소중한 선물을 주게."

"아주 소중한 선물요? 어떤 것이 좋을까요?"

"아무래도 오래 간직할 수 있는 선물이면 좋겠지. 파티에서 아내에게 물어보게."

며칠 후, 남편은 아내를 위해 파티를 열었다. 친구들과 시부모님도 참석을 했다. 남편은 사람들 앞에서 그동안 아내와 함께 지냈던 행복한 시간을 상세히 말해주었다. 사람들은 남편의 말을 듣고 둘의 이별을 안타까워했다.

"둘의 사이가 저렇게 좋은데 헤어져야 하다니 정말 안 됐어."

"그러게 말이야. 둘 사이에 아이만 있었어도 아무런 문제가 없었을 텐데."

파티가 끝날 무렵에 남편이 말했다.

"비록 우리 부부는 헤어지지만 그동안 저를 믿고 늘 제 편이 되어준

아내에게 선물을 하나 해주고 싶습니다. 이왕이면 오래 간직할 수 있는 선물을 주고자 합니다. 자, 그럼 나의 아내에게 물어보겠습니다."

남편은 아내의 눈을 바라보며 물었다.

"여보, 갖고 싶은 선물이 있으면 말해주세요. 뭐든지 다 해줄게요. 오래 간직하며 서로를 그리워할 수 있는 물건이면 더 좋겠죠?"

아내는 잠시 머뭇거리더니 한 줄기 눈물을 흘리며 말했다.

"오래 간직할 수 있는 선물은 바로 당신뿐입니다."

그 말을 듣는 순간, 남편도 눈물을 흘리며 아내를 껴안았다. 둘은 헤어지지 않았다. 둘 사이에 가장 소중한 선물은 바로 서로의 대한 사랑이었다.

그들만의 눈물을
응원한다

예전에 그리움에 관한 글을 쓴 적이 있습니다.

그대를 알고부터 단 하루라도 그리움이

없는 날이 없습니다.

언제부턴가

내 일상에 작은 변화가 일기 시작했습니다.

불을 끄지 않은 채 잠이 든 적이 부쩍 많아졌습니다.

내릴 전철역을 지나쳐

갔던 길을 되돌아온 적이 한두 번이 아닙니다.

계단을 오르다 말고 제자리에 앉아 멍하니

내가 밟은 계단을 세어본 경우도 있습니다.

꽃가게를 지나치게 되면 나도 모르게 자꾸만

뒤돌아보다가 전봇대에 부딪힌 적도 있습니다.

한겨울에도 가슴이 벽난로처럼 후끈거려

아이스크림만 찾게 되고

눈이라도 오는 날이면
하루 종일 전봇대에 기댄 채 사람들의 발자국을 바라보게 됩니다.

그대라는 사랑, 그대를 알고부터 나는 이 세상에서
그대의 그림자가 가장 부러워지기 시작했습니다.

사랑은 그리움을 타고 옵니다. 사랑이 내 것이 되면 세상을 다 얻은
것처럼 좋고 사랑 외에는 아무것도 필요 없을 거라 여깁니다. 하지만
시간이 지날수록 사랑은 퇴색하고 맙니다. 서로에 대한 설렘과 떨림
이 점점 무뎌지죠. 모든 것은 변하기 마련이니까요. 그렇다고 처음 마
음까지 변하면 안 됩니다. 그리워하며 가슴 졸였던 마음까지 사라져선
안 됩니다. 그 마음을 지켜내는 것, 그 마음으로 끝까지 상대방을 책임
지는 것, 그게 진짜 사랑이고 아름다운 삶입니다.

만약 당신이 모든 것을 잃고
다른 사람들로부터 비난을 받을 때조차
당신의 머리를 곧게 쳐들 수 있다면
만약 모든 사람들이 당신을 의심할 때
사람들의 의심을 있는 그대로 받아들이고도
스스로 흔들림이 없다면 당신은 멋진 사람이다.

- 루디야드 키플링

한 발 더 가까이 다가가
인연 맺기

"요코, 너 존 레논 알지?"

"당연하지. 비틀스를 모르는 사람이 세상에 어딨니? 왜?"

"이번 네 전시회에 그를 초대하는 건 어때?"

요코는 피식 웃으며 말했다.

"너 지금 장난하니? 그렇게 유명한 사람이 왜 오겠어? 아마 내가 보낸 초대장을 읽어보지도 않을 거야."

말은 그렇게 했지만 요코는 혹시나, 하는 마음에 존 레논에게 초대장을 보냈다.

오노 요코는 일본의 부유한 가정에서 태어나 18살에 미국 뉴욕으로 건너갔다. 첫 번째 결혼에 실패한 이후로 미술 작업에만 전념했다.

전시회 오픈 하루 전, 그녀는 막바지 준비를 위해 전시장을 찾았다.

전시회 관계자들과 친구 몇 명이 와 있었다.

"요코, 축하해. 정말 좋은 작품이야."

"고마워."

"요코, 이번 작품은 뭐랄까, 독특하면서도 세련미가 있는 것 같아."

"그래? 너 작품 보는 눈이 있구나?"

요코는 전시장을 찾은 손님들과 작품에 대한 이야기를 나누며 즐거운 시간을 보냈다. 그러면서도 존 레논이 올지도 모른다는 기대감이 그녀를 감쌌다. 물론 그렇게 바쁘고 유명한 사람이 올 리 없지만 자꾸 기대하고 희망을 품는 건 어쩔 수 없었다.

잠시 뒤, 전시장 입구가 소란스러워졌다.

"무슨 일이지?"

오노 요코는 입구 쪽으로 걸어갔다. 순간 그녀는 눈을 의심했다. 바로 비틀스의 멤버인 존 레논이 온 것이다.

"작품 구경하려고 왔습니다."

존 레논은 평소에 미술에 관심이 많았다. 그래서 그녀의 초대에 응한 것이다. 그는 전시장을 돌며 작품을 감상했다. 여러 작품 중에 그의 관심을 끈 게 있었다. 사다리를 타고 올라가서 벽 사이에 적힌 글자를 보는 작품이었다. 글자는 너무 작아서 돋보기로 봐야만 했다.

존 레논은 사다리를 타고 올라가 돋보기로 작은 글씨를 쳐다보았다. 무슨 글자가 적혀 있을지 호기심을 자극했다.

'당연히 'NO'라는 글자가 적혀 있을 거야. 이 전시회는 기성예술에 대

한 거부와 반항 그리고 혁명을 위해 만들어진 작품전이잖아.'

하지만 'YES'라고 적혀 있었다. 존 레논은 신선한 충격을 받았다.

'아, 내가 한 방 먹었군. 나의 편견이었어. 그래, 예술은 바로 이런 거야. 두 번 생각하게 하고 사람의 가슴을 자극시키는 것! 하하, 맹랑하고 당당하고… 독특한 여자군.'

그는 다음 작품을 감상했다. 쪽지에 이렇게 적혀 있었다.

'망치로 못을 치시오.'

존 레논은 천진난만한 표정을 지으며 오노 요코에게 말했다.

"내가 직접 망치로 못을 쳐도 되겠소?"

그녀는 단호히 잘라 말했다.

"안 됩니다. 이 행사는 내일부터 할 겁니다."

존 레논은 당황했다. 여태껏 자기의 부탁을 거절한 사람은 없었기 때문이었다. 옆에 있던 그녀의 친구는 작은 목소리로 말했다.

"너 왜 그래? 저 사람은 비틀스의 존 레논이야. 허락해줘."

그녀는 친구에게 말했다.

"유명한 가수면 다야? 절대 그럴 수 없어. 내일이 정식 오픈이란 말이야."

그녀가 정중히 말했다.

"죄송합니다. 망치질을 하고 싶거든 내일 오세요. 그럼 허락받지 않아도 됩니다."

존 레논은 웃었다. 당당한 모습이 참으로 매력적인 여자였다. 그녀는 그가 실망한 표정을 짓자 슬쩍 말을 건넸다.

"5실링만 내세요. 그럼 허락하겠습니다."

존 레논은 웃으며 대답했다.

"자, 여기 보이지 않는 5실링이요. 분명 나는 돈을 냈으니 이제 상상의 못을 박겠소."

존 레논은 못을 치는 시늉을 냈다. 순간, 요코는 그와 예술적인 교감을 느꼈다고 생각했다. 존 레논도 마찬가지였다. 그 사건 이후로 둘은 사랑에 빠져 1969년 3월 20일에 부부가 되었다.

둘은 신혼여행도 실험적이었다. 암스테르담의 힐튼 호텔에 머물면서 자신들의 침대를 공개했다.

요코는 기자들에게 말했다.

"기자님들, 마음껏 찍으세요. 지금부터 우리가 말하는 내용을 널리 알리세요."

그들은 일주일 동안 아침 10시부터 저녁 10시까지, 하루에 12시간씩 세계 평화와 인권에 관한 주제로 인터뷰를 했다. 요코의 영향으로 존 레논은 어느새 반전운동가가 되었다. 그 후, 존 레논은 베트남전 반전시위를 하며 'Imagine'이라는 명곡을 발표했다. 둘의 관계는 더욱 깊어졌고 상대적으로 존 레논은 비틀스 멤버들에게 소홀해져 결국 비틀스는 해체되었다.

존 레논은 비틀스를 떠났고, 세계 모든 여성들의 사랑을 떠났다. 오직 한 여자, 당당하면서도 묘한 매력을 가진 요코에게 안긴 것이다.

존 레논은 요코에 대해 이렇게 말했다.

"사람들 눈에 요코가 어떻게 보이든 상관 없다. 나한테는 최고의 여성임에 틀림없다. 비틀스를 시작할 때부터 내 주변에 예쁜 여자들은 얼마든지 널려 있었다. 하지만 그들 중에 내 앞에서 당당할 수 있는 여성은 없었다. 더군다나 예술적 온도가 맞는 여자는 더더욱 없었다. 난 늘 '예술가 여성'을 만나 사랑에 빠지는 것을 꿈꿔왔다. 나와 예술적 상승을 공유할 수 있는 여자 말이다. 요코는 바로 내가 찾던 여자다!"

사랑하고 후회하는 게 청춘이다

당당함이란 자기보다 약한 자 앞에서 으스대는 게 아닙니다. 자기보다
강하고 뛰어난 자 앞에서도 주눅 들지 않고 자신의 소신을 정확히 밝
히고 밀어붙이는 힘이 바로 당당함입니다.

그런데 이유 없이 괜히 주눅 들고 자신감을 상실하는 사람들이 있
습니다. 성격상의 이유일 수도 있지만 자신에 대한 믿음이 부족한 탓
입니다.

물론 극복이 가능합니다. 할 수 있다는 믿음을 스스로에게 자꾸 심
어주고, 철저히 준비한다면 성격상의 떨림증도 어느 정도 완화될 수
있습니다.

어느 조련사가 호랑이 우리 안에서 쇼를 하고 있는데 갑자기 정전이
되었습니다. 조련사는 어둠 속에서도 당당함을 잃지 않고 노련하게 호
랑이를 다뤘습니다. 만약 조련사가 당황하고 두려워했다면 아마도 호
랑이의 밥이 되었을 것입니다.

어느 상황이든 누구 앞에서든 당당함을 잃지 말아야 합니다. 당당해
야 마음의 여유가 생기고, 여유가 생겨야 재치 있는 말도 건넬 수 있습

니다. 인간적인 매력은 모두 당당함에서 출발하는 것입니다.

　오노 요코와 존 레논이 연인이 될 수 있었던 것도 당당함과 재치 때문이었습니다. 그녀에게는 누구 앞에서도 주눅 들지 않는 당당함이 있었고, 그에게는 사람을 편안하게 하는 자상함과 재치가 있었습니다. 짧은 순간에 둘은 서로의 모든 것을 알았습니다. 당당함과 재치는 하나이며 그것은 영혼을 나누기에 충분히 매력적이라는 사실을.

사랑은 죽음보다도,
죽음의 공포보다도 강하다.
단지 사랑에 의해서만
인생은 주어지고 계속 진보한다.

－투르게네프

사랑보다 앞에
나를 내세우지 않기

중국집 주방에서 일하는 중호는 홀에서 자장면을 먹고 있는 손님들의 대화를 듣게 되었다.

"세상이 참 많이 좋아졌어. 우리 장모님 말이야, 평생 맹인으로 살았는데 글쎄 며칠 전에 수술을 해서 앞을 보게 됐잖아."

"그게 정말이야?"

"병원에 가니까 왜 이제 왔냐고 그러더라고. 수술만 하면 되는 걸 장모님은 병원에 가도 못 고칠 줄 알고 평생 맹인으로 지냈지 뭐야."

"진작 갔으면 좋았을 텐데….'

"이제라도 세상을 볼 수 있게 됐으니 다행이지. 어서 먹자고."

손님들의 대화를 들은 중호는 심장이 뛰기 시작했다. 중호도 맹인이었기 때문이다.

사랑하고 후회하는 게 청춘이다

'나도 앞을 볼 수 있는 거 아냐?'

다음 날 아침, 중호는 서둘러 병원으로 향했다.

"안과 선생님 좀 뵈러 왔습니다."

간호사는 진료실로 중호를 안내했다.

"어떻게 오셨나요?"

"선생님, 저는 어릴 때부터 앞을 보지 못한 채 맹인으로 살아왔습니다. 하지만 좌절하지 않고 열심히 살았습니다. 지금은 중국집에서 요리를 하고 있습니다."

"그러세요? 안 보이는데 어떻게 요리를 하시죠?"

"볼 순 없지만 손과 입과 코가 있기 때문에 가능합니다. 그나저나 수술하면 앞을 볼 수 있을지 검사를 해보고 싶습니다. 기적이라는 게 있지 않습니까?"

"물론이죠. 그럼 검사를 해보겠습니다. 이쪽으로 오세요."

중호는 의사를 따라 검사실로 갔다. 검사는 오래 걸리지 않았다.

"좀 더 자세한 결과는 며칠 걸립니다. 연락드리겠습니다."

여느 때와 같이 중호는 주방에서 일하고 있었다.

"주방장님, 전화요. 병원이라는데요."

중호는 서둘러 전화를 받았다.

"여기 병원인데요. 좋은 소식입니다. 수술을 하면 시력을 되찾을 수 있습니다. 하지만 서둘러야 합니다. 하루라도 빨리 병원으로 오세요. 수술 날짜를 잡도록 합시다."

"정말입니까? 제가 남들처럼 앞을 볼 수 있습니까?"

중호는 도무지 믿을 수가 없었다. 세상에 이런 일이! 기쁘고 놀라워 가슴이 터질 것만 같았다. 당장이라도 병원으로 달려가고 싶었다.

'내가 이제 앞을 볼 수 있다니….'

중호의 눈시울이 붉어졌다. 그동안 맹인으로 살면서 겪어야 했던 힘 겹고 고달팠던 날들이 주마등처럼 스쳐 지나갔다.

그때 문득, 중호의 머릿속에 한 사람이 떠올랐다. 아내였다. 20살이 되던 해에 지금의 아내를 만났다. 중호는 아내를 만난 걸 인생 최대의 행운으로 여겼다. '누가 앞도 못 보는 나 같은 놈과 결혼을 하겠어' 하고 생각했는데 아내는 기꺼이 중호를 택했다. 물론 아내에게도 약간의 흠 이 있었다. 얼굴에 흉터 자국이 있는데 어릴 때 펄펄 끓는 주전자가 엎 어져 화상을 입은 것이다.

"중호 씨, 제 얼굴에 화상이 있어요. 보기 흉한데 괜찮겠어요?"

"물론이죠. 얼굴이 뭐가 중요한가요. 전 미자 씨의 고운 마음이 좋아 요. 그리고 전 앞을 볼 수 없잖아요. 저에겐 미자 씨의 흉터가 보이지 않 아요. 오직 고운 마음만 보일 뿐이에요."

두 사람은 서로의 마음을 확인하고 결혼까지 했다.

다음 날, 중호는 병원에 들렀다.

의사는 무척 흥분한 말투로 중호에게 말했다.

"정말 축하드립니다. 이제 수술만 잘하면 앞을 볼 수 있습니다. 어서 수술 날짜를 잡도록 합시다. 언제쯤 하는 게 좋을까요? 가족들도 좋아하시죠?"

중호는 옅은 미소를 띤 채 아무 말이 없었다.

"왜 그러시죠? 무슨 문제라도 있나요?"

"선생님, 저 수술 받지 않겠습니다. 여태 잘 살아왔는데 이제 와서 눈을 뜨면 뭘 하겠습니까. 그냥 수술을 포기하겠습니다."

의사는 두 눈이 휘둥그레져서 중호를 쳐다봤다.

"그게 무슨 말씀입니까? 수술을 받는 게 두려워서 그런가요?"

"아닙니다."

"더 늦으면 영영 앞을 볼 수 없습니다. 눈을 떠야 일하는 데 덜 불편하죠. 가족들 얼굴도 보고요. 대체 왜 그러십니까?"

중호는 차분한 목소리로 말했다.

"아내 때문입니다. 제가 눈을 뜨면 물론 자기 일처럼 기뻐하겠죠. 그러나 아내는 나머지 인생 동안 내 앞에서 고개를 숙이며 살아야 할지 모릅니다. 아내의 얼굴에 흉터가 있거든요. 제가 눈을 뜸으로 인해 집사람 마음이 조금이라도 불편해진다면 전 싫습니다. 그냥 이대로 사는게 훨씬 좋습니다. 아내를 위해서라면 맹인으로 사는 게 뭐 그리 나쁜일도 아닙니다."

의사는 중호의 말을 듣고 눈시울이 뜨거워졌다. 자신의 두 눈보다 아내를 생각하는 마음이 감동스러웠다.

사랑은 계산적이지 않습니다. 하나를 줬으니 반드시 하나를 돌려받아야 한다는 생각은 하지 않습니다. 줄 수 있는 게 하나밖에 없어 미안해하며 다음에 더 기쁘게 해줄 방법을 고민하는 마음이 사랑입니다.

내가 불편하고 어려움을 겪더라도 누군가에게 좋은 일이라면 기꺼이 내 것을 내려놓는 게 사랑입니다. 나를 먼저 생각하지 않고 타인을 먼저 생각하고, 나로 인해 누군가가 빛날 수 있다면 배경이 되어주는 게 사랑입니다.

가진 게 100이라면 100을 줄 수 있습니까. 1 정도는 남겨둬야지 하고 머뭇거립니까? 나 자신을 위해 최소한의 것을 남기고 싶은 마음, 조금 더 편안한 길을 가고 싶은 마음은 누구나 갖고 있습니다. 그럼에도 모든 것을 준다는 것이 힘들기 때문에 사랑이고 아름다운 것입니다.

사랑에는 용기도 필요하지만 더욱 필요한 건 사랑을 오래도록 지키는 것입니다. 오래도록 사랑을 지키는 힘, 그건 배려와 희생 외에는 그 무엇으로도 채울 수가 없습니다.

사랑은
왕궁에서 뿐만 아니라
오두막집에서도 산다.

-J. 레이

조용히 같은 편
되어주기

"우리 작년 첫눈 오는 날 만났지? 그때 넌 눈의 요정처럼 참 맑고 예뻤어."

"그럼, 지금은 안 예쁘다는 거야?"

"아니야. 지금도 예뻐."

"오늘 왜 불러낸 거야?"

정아는 눈을 반짝이며 동국을 바라보았다.

동국은 옅은 미소를 지으며 머뭇거렸다. 뭔가 중요한 말을 꺼내려는 눈치였다.

정아는 그의 팔을 잡고 재촉했다.

"왜 그래? 무슨 할 말이라도 있어? 있으면 어서 말해."

동국은 짧은 한숨을 내쉬더니 용기를 내어 말했다.

"정아야, 너의 인생 안에서 살고 싶어. 절대로 너를 힘들게 하지 않을게. 허락해줘."

"도대체 그게 무슨 소리야? 지금 나한테 청혼하는 거야?

"응. 우리 함께 살자. 아파트도 마련했어. 월세도 전세도 아니야. 내 집이야. 아니, 우리 집이야."

동국의 청혼에 정아도 기뻤다. 집까지 마련한 그가 자랑스럽고 믿음직스러웠다.

청혼을 받아들인 정아는 결혼 준비로 바빴다. 신혼집에 맞는 가구와 가전제품을 사기 위해 이곳저곳 돌아다녔다. 그런데 뜻하지 않은 불행이 찾아왔다. 정아의 아버지가 쓰러진 것이다. 정아는 눈물을 흘리며 동국에게 전화했다.

"동국아, 이 일을 어떻게 해."

"무슨 일이야?"

"아빠가 쓰러지셨어. 회사가 부도나서 충격으로 쓰러지셨어."

"지금 아버님 어디 계셔?"

"응급실에…. 어떻게 해."

"정아야, 걱정하지 마. 아무 일 없을 거야."

동국은 일단 정아를 안심시켰다.

다행히 아버지는 위급한 상황을 넘겨 입원실로 옮겨졌다. 아버지는 6개월 정도 치료를 받았다.

동국과 정아의 결혼식이 바로 일주일 앞으로 다가왔다. 결혼식을 미룰까도 생각했지만 아버지가 완강하게 반대하셨다.

"나 때문에 너희 결혼식을 미룰 순 없다. 도움은 못 줄망정 망치게 할 순 없지. 계획대로 진행해라."

둘은 원래 정해진 날에 결혼식을 올리기로 했다. 그날 밤, 동국이 갑자기 정아 앞에 무릎을 꿇었다.

"자기 왜 그러는 거야?"

"정아야, 미안해. 너한테 거짓말을 했어. 사실은 나 아파트 준비 못했어. 우리 단칸방에서 시작해야 해. 그것도 월세로."

정아는 두 눈이 휘둥그레졌다.

"그게 무슨 소리야? 도대체 왜 나한테 그런 거짓말을…."

"미안해. 정아야. 용서해줘."

자신을 속인 그를 이해할 수 없고 원망스러웠지만, 결혼을 취소할 순 없었다. 이제 겨우 건강을 회복한 아버지에게 충격을 안겨드리고 싶지 않았다.

"그래. 알았어. 어차피 잘 됐어. 형편이 어려워 아파트를 채울 만한 살림도 마련 못하니까."

두 사람은 결혼식을 조촐하게 치른 후 작은 방에서 신혼을 시작했다.

1년이 지났다. 정아 아버지는 완전히 건강을 회복했고 다시 회사를 일으켰다. 하지만 그녀의 마음은 어두웠다. 햇볕도 안 드는 반지하에 사는 자신의 처지가 한심했다.

"도대체 내 꼴이 뭐야. 친구들은 더 넓은 평수로 이사 간다고 난린데 곰팡이 냄새나는 이곳에서 살아야 한다니…"

생각하면 할수록 동국의 거짓말에 화가 났다.

정아는 일하고 들어온 동국을 보자마자 쏘아붙였다.

"대체 왜 나를 속였어? 아파트 마련했다고 했잖아!"

"이제 와서 무슨 소리야? 이미 끝난 얘기잖아. 내가 용서를 빌었고 당신도 이해했잖아."

"이해? 내가 이해를 했다고? 그때는 아버지 때문에 그냥 넘어간 거고. 아무튼 자기는 날 속였어."

"조금만 더 참아. 몇 년 열심히 일해서 벌면 이 집에서 벗어날 수 있을 거야."

"난 이런 곳에서 더 이상 못 살아. 아빠에게 도와달라고 하든지 아니면 친정에서 살 거야. 여기선 정말 못 살아."

정아는 짐을 싸들고 친정집으로 가고 말았다. 그녀는 엄마에게 모든 것을 털어놓았다.

"엄마, 나 그이랑 헤어질 거야. 완전 사기결혼이야. 결혼 전 분명 아파트를 마련했다고 했는데 그게 다 거짓말이었어. 이대로는 못 살아."

어머니는 눈물을 흘리며 정아의 손을 잡았다.

"이것아. 세상에 김 서방 같은 사람 없어. 어서 가. 김 서방이 아무 말 말라고 했는데 이제는 해야겠구나. 사실은 김 서방이 자기 아파트를 팔아서 아빠 병원비를 댔어. 알겠니?"

"뭐? 그게 정말이야?"

정아는 왈칵 눈물을 쏟았다. 동국을 미워하고 원망했던 자신이 너무나 부끄러웠다. 눈물은 쉽게 멈추지 않았다.

대문호 톨스토이는 사랑에 대해 이렇게 정의했습니다.

"사랑은 돌이 아니다. 한번 그 자리에 놓았다고 끝나는 게 아니라
자꾸 변화시켜야 한다. 빵처럼 다시 구워 새로운 모습으로 바뀌어야
한다. 시간이 흐르는 동안 사랑도 그저 무심히 흘러가는 게 아니
다. 시간이 흘러가는 동안 사랑은 향기를 내며 잘 익어가야 한다.
사랑이라는 술이 결혼이라는 항아리에 담긴 후, 그 술이 얼마나
맛있고 향기롭게 익어 가느냐는 오로지 두 사람의 몫이다."

세상이 발전하고 사람이 성숙하듯 사랑도 잘 익어가야 합니다. 열렬
히 사랑했던 첫 마음은 온데간데없이 길거리에 떨어진 낙엽처럼 사랑
이 차가워지면 안 됩니다.

사랑하는 건 온전히 그 사람의 인생에 빠져드는 것입니다. 그 사람
이 힘들어할 때 힘이 되고, 슬퍼할 때 조용히 손수건을 건넬 줄 알아야
합니다. 사랑은 다른 게 없습니다. 같은 방향을 바라보고, 같은 생각을

하고, 같은 편이 되는 것입니다.

하늘과 땅 사이, 그 넓은 공간을 무엇으로 채울 수 있겠습니까? 돈으로 채울 수 있습니까? 도장 찍힌 한낱 계약서로 채울 수 있습니까? 불가능합니다. 하늘과 땅 사이를 채울 수 있는 건 오직 하나, '사랑'입니다.

어쩌면 사랑은 하늘과 땅뿐만 아니라 온 우주를 채우고 남을지 모릅니다. 그만큼 사랑은 위대하고 숭고합니다. 그 사랑을 왜 감추고, 외면하고 버리려 하십니까? 이제 보여주세요. 가장 가까운 사람에게 망설임 없이 보여주세요. 그것이 무엇과도 바꿀 수 없는 가치이며 사람을 웃게 하는 행복입니다.

저울 한쪽에 세계를 놓고
다른 쪽에 나의 어머니를 놓는다면
세계의 편이 훨씬 가벼울 것이다.

– 랑구랄

엄마에게
사랑한다 말하기

영국 빅토리아 여왕은 발을 동동 구르며 안절부절못했다.

"여봐라. 어찌 되었느냐."

"아직 소식이 없습니다."

"답답하구나."

둘째 앨리스가 벌써 10시간째 진통을 겪고 있었다.

여왕은 두 손을 모아 기도했다.

"제발 아무 탈 없이 건강한 아기를 낳게 해주세요."

그녀의 간절한 마음이 하늘에 닿았던 걸까. 희미하게 아이의 울음소리가 들려왔다.

"여왕님, 앨리스 공주님께서 아이를 낳으셨습니다. 예쁜 공주님이옵니다."

사랑하고 후회하는 게 청춘이다

신하는 빅토리아 여왕에게 축하인사를 건넸다. 여왕은 손녀를 보고 싶은 마음에 서둘러 앨리스 공주가 있는 방으로 갔다.

"어머니…."

"내 딸아. 수고가 많았다. 그래, 우리 손녀 한번 안아볼까?"

여왕의 품에 안긴 아이는 기분 좋은 표정을 지었다. 빅토리아 여왕은 무척 기뻤다. 앨리스 공주도 막내딸을 얻어 무척 기뻤다.

아이는 무럭무럭 자랐다. 이제는 넘어지지 않고도 제법 걸어 다닐 수 있었다.

"마리야. 우리 꽃구경하러 갈까?"

공주는 마리의 손을 잡고 궁 안에 있는 정원으로 나왔다.

"마리, 저것 봐. 나비야."

"나, 나, 나비."

"그래, 나비. 참 예쁘지? 우리 아기 말도 잘하네."

앨리스는 마리와 행복한 나날을 보냈다. 하지만 행복은 오래 가지 않았다. 마리가 6살이 되던 해, 불행이 찾아왔다.

"마리, 왜 그래. 왜 그러는 거야. 정신 차려봐."

마리는 시름시름 앓더니 정신을 잃고 말았다. 앨리스 공주뿐만 아니라 빅토리아 여왕도 깜짝 놀랐다.

"이 일을 어째? 어서 의사를 불러오너라."

마리의 상태를 살펴본 의사의 표정이 심상치 않았다.

"왜 그러느냐. 마리는 지금 어떤 상태냐?"

의사는 쉽게 입을 떼지 못했다.

"말씀드리기 송구스럽지만 큰 병에 걸리셨습니다. 바로 '디프테리아'입니다."

디프테리아는 열이 나고 목이 아프며 음식을 잘 삼킬 수 없고 호흡 곤란을 일으키는 병이었다. 치사율이 높고 전염성도 강했다.

"여왕님과 앨리스 공주님도 병에 걸릴지 모르니 절대로 마리 공주 가까이 가시면 안 됩니다."

의사의 말을 들은 앨리스는 눈물을 흘리며 고개를 흔들었다.

"그럴 리가 없어요. 어제까지만 해도 저랑 재미있게 놀았단 말이에요. 믿을 수 없어요. 다시 진찰해주세요."

결국, 앨리스 공주와 마리는 각기 다른 방에서 지내야 했다. 마리가 아파하는 모습을 멀리서 바라만 봐야하는 게 엄마인 앨리스로서는 너무나 큰 고통이었다.

며칠 후, 마리는 아픔에 시달려 엄마가 그리웠는지 애타게 앨리스 공주를 불렀다.

"엄마~. 엄마~. 어디 있어요? 엄마, 나 좀 안아줘."

마리의 애절한 목소리와 젖은 눈빛을 보니 앨리스 공주의 마음은 찢어지는 듯했다. 당장이라도 달려가 안고 싶지만 신하들이 한사코 그녀를 말렸다.

"공주님, 안 됩니다. 이러다가 공주님까지 병에 걸리십니다."

앨리스 공주는 주저앉아 하염없이 울었다. 하지만 운다고 딸에 대한 그리움이 가시는 건 아니었다. 공주는 도저히 딸의 간절한 눈빛을 외면할 수 없었다.

"이거 놔라. 난 죽어도 좋다. 죽어도 좋으니 한 번만이라도 내 아이를 안아봐야겠다. 아이가 날 애타게 찾지 않느냐."

"안 됩니다. 공주님."

"지금부터 날 말리는 자는 용서하지 않겠다."

신하들의 만류에도 공주는 사랑하는 아이, 마리에게로 갔다.

"어~엄마."

"그래, 엄마야. 이제 울지 마렴, 엄마가 미안해. 이제야 온 걸 용서해다오. 아가야, 사랑해."

앨리스 공주는 마리의 눈물을 닦아주며 입맞춤을 하고 따뜻하게 안았다.

"이제 엄마가 지켜줄 테니 걱정하지 마라. 네 병만 낫는다면 이 엄마는 죽어도 좋다."

앨리스 공주는 마리의 옆을 떠나지 않았다. 간호도 하고 사랑도 듬뿍 주었다.

"그래그래. 그렇게 웃는 거야. 이제 다 나았구나."

차도가 있는 듯했으나 기적은 일어나지 않았다.

마리의 병은 악화되었고 안타깝게도 앨리스 공주마저 디프테리아에 걸리고 말았다.

"엄마, 이제 우리 어떻게 돼?"

"뭐가 걱정이야. 이렇게 엄마 품에 있잖아. 잠 오면 자. 엄마가 자장가 불러줄까? 잘 자라, 우리 아가. 앞뜰과 뒷동산에 새들도 아가 양도 다들 자는데…."

앨리스 공주도, 마리도 병을 이기지 못하고 결국 죽고 말았다.

마리에게 입맞춤을 하고 따뜻하게 안아준 앨리스 공주. 자신이 죽을 줄
알면서도 그렇게 할 수 있었던 건 다른 이유가 없습니다. 마리의 엄마
였기 때문에 그런 선택과 희생을 할 수 있었던 것입니다.

　여자의 힘은 약하지만 엄마는 강하고 희생적입니다. 노벨 문학상을
받은 카뮈는 태어난 지 한 달 만에 아버지를 잃었습니다. 그래서 청각
장애를 가진 어머니 혼자 그를 키웠죠. 그녀는 모진 세월을 이겨내며
아들을 훌륭하게 키웠습니다. 카뮈도 그런 어머니를 자랑스럽고 위대
하다고 말했습니다.

　"어머니는 나를 가르치기 위해 가정부, 청소부로 일했습니다. 어
　머니는 청각장애를 가졌기 때문에 저와 대화조차 나눌 수 없었습
　니다. 그렇지만 어머니의 사랑스런 눈동자가 없었으면 나는 아무
　것도 하지 못했을 것입니다. 어머니의 포근한 눈동자는 내게 항
　상 용기와 희망을 주었습니다."

영문학자이며 수필가로 유명한 장영희 교수도 어머니가 없었다면 자신의 삶이 아름답지 않았을 거라 말했습니다.

"난 두 다리를 못 쓰는 소아마비입니다. 그렇지만 불편함 없이 살았습니다. 어머니가 늘 나를 업고 다녔죠. 학교에 날 업어 등교시키고, 화장실에 데려다주기 위해 두 시간마다 학교에 들렀고, 10년 가까이 나를 업고 침술원에 다녔습니다. 어머니의 사랑과 희생이 없었다면 나는 평생 그늘에서 살았을 겁니다."

어머니가 주신 사랑, 왜 우리는 그걸 당연한 거라고 생각할까요. 어머니의 잔소리와, 어머니가 하신 따뜻한 밥 한 그릇이 그리운 날입니다. 오늘밤, 어머니의 거친 손을 만지며 고맙습니다, 하고 마음을 전하면 어떨까요. 멀리 계시다면 전화 한 통 드리면 어떨까요.

chapter 4

바람이 분다,
그래 살아봐야겠다

사람과의 관계가 지겨워
사람 곁을 떠난다 해도 그건 잠시뿐,
사람은 사람을 벗어날 수 없다.

별이 아름다운 건
별을 돋보이게 하는 어둠이 있기에.
세상이 아름다운 건
당신의 관심과 사랑이 있기에.

성공도, 꿈도, 인생도
행복하기 위한 게 아닌가.

사랑은 그 자체로 만족을 줍니다.
사랑은 다른 것 때문이 아닌
그 자체로 마음에 드는 것입니다.
사랑은 그 자체로 공로도 되고 상급도 됩니다.
사랑은 그 자체 말고는 다른 이유나 열매를 필요로 하지 않습니다.
사랑의 열매는 사랑하는 것, 바로 그것입니다.

– 성 베르나르도 아파스

부족하지만
많이 베풀며 살기

중국 후난 성 근처에 사는 13살 소녀 쉬위에화는 여느 때처럼 동네 아이들과 어울려 기찻길 옆에서 놀았다.

"우리 누가 석탄 많이 줍는지 시합할래?"

"좋아. 쉬, 넌 여자라서 나한테 안 돼. 분명히 넌 질 거야."

"너 지금 여자라고 무시하는 거야? 여자의 힘을 보여주지."

기찻길 옆에는 인부들이 일을 하면서 흘리고 간 석탄 조각들이 꽤 많았다. 동네 아이들은 종종 석탄을 주워 땔감으로도 쓰고, 운 좋은 날은 구멍가게에서 과자와 바꿔 먹을 수도 있었다.

"쉬, 그럼 지금부터 시작한다!"

"좋아."

쉬와 친구는 정신없이 석탄을 줍기 시작했다. 역시나 사내아이라 그런지 친구의 속도가 빨랐다. 어느새 종이 봉지에 석탄이 수북이 쌓였다. 쉬도 열심히 석탄을 주워 담았지만 친구를 따라잡을 수 없었다. 매번 지는게 자존심이 상했던 쉬는 힐끔힐끔 친구를 쳐다보며 더욱 분발했다.

"오늘은 기필코 이길 거야."

쉬는 기찻길을 이리저리 뛰어다니며 석탄을 주워 모았다. 그때 멀리서 기적소리가 희미하게 들려왔다.

"쉬, 이제 그만하자."

"됐어. 그만하긴 뭘 그만해. 난 더 주울 거야."

"기차 오는 소리 들리잖아."

"방해하지 말고 조용히 해!"

오직 이겨야 한다는 생각에 친구의 말도, 기차의 기적소리도 들리지 않았다. 기차는 점점 가까워지고, 쉬는 기찻길에서 벗어나지 않은 채 여전히 쪼그려 앉아 석탄을 주웠다.

불행은 순식간에 찾아왔다. 쉬는 빠르게 달려오는 기차를 피하지 못한 것이다. 쉬는 정신을 잃었고 급히 병원으로 후송되었다. 오후 내내대수술을 받았고 다음 날에야 정신을 차렸다.

"쉬, 괜찮아?"

"어, 엄마. 여기가 어디야?"

"병원이야."

"병원?"

"그래, 너 기차에 치였잖아. 기억 안 나?"

178

그제야 쉬는 기차에 치인 것이 기억났다. 쉬는 뭔가 허전한 느낌이 들었다. 눈을 깜박이며 양손을 허리 밑으로 갖다 댔다. 다리가 잡히지 않았다. 사고로 인해 하반신이 절단된 것이다.

"엄마, 이게 어떻게 된 거야. 내 다리, 내 다리는 어디 갔어? 어디 있냐고!"

엄마는 쉬를 껴안은 채 서럽게 울었다.

"불쌍한 내 새끼, 이 일을 어떻게 해. 세상에 이런 일이…."

눈물이 왈칵 쏟아졌다. 다리가 지우개로 지운 것처럼 흔적도 없이 사라졌다. 두렵고 무서웠다. 이런 몸으로 어떻게 살아가야 할지 앞날이 캄캄했다.

그 후, 설상가상으로 부모마저 잃고 그녀는 고아가 되었다. 갈 곳이라곤 고아원밖에 없었다. 17살에 고아원에 들어온 그녀는 하루하루가 고통이었다. 세상에 혼자라는 생각, 아무것도 할 수 없는 장애를 가졌다는 생각이 그녀를 괴롭혔다.

"살아서 뭐하겠어? 차라리 죽는 게 낫지."

하루에도 수십 번 세상과 연을 끊을까 생각했다. 그러다가도 고아원에 있는 갓난아이들의 초롱초롱한 눈망울을 바라보면 나쁜 마음이 조금씩 수그러졌다.

"그래도 나는 행복해. 저 아이들은 태어나자마자 이곳에 왔지만 그동안 나는 부모님의 사랑을 받으며 살았잖아."

그녀는 아이들을 보면서 마음을 고쳐먹었다. 불편한 몸이지만 아이들을 위해 자신이 할 수 있는 일이 있을 거라 생각했다.

'나에겐 두 팔이 있잖아. 분명 나도 걸을 수 있을 거야. 다리가 없으면 새로운 다리를 만들면 되지.'

그녀는 일단 움직이는 문제부터 해결해야겠다고 결심했다. 고심 끝에 생각해낸 게 나무 의자 2개였다. 의자 위에 힘겹게 올라서서 양손으로 의자를 잡은 채 균형을 맞추며 걷는 연습을 했다. 하지만 한 걸음도 못 떼서 앞으로 꼬꾸라졌다. 한 번 더 시도했다. 이번에는 넘어지면서 코부터 닿는 바람에 코피를 쏟았지만 멈추지 않고 계속 시도했다.

6개월 후, 손바닥에 굳은살이 밸 정도가 돼서야 나무 의자로 걸을 수 있었다. 움직이는 게 조금 자유로워진 그녀는 아이들을 돌보기 시작했다. 기저귀를 갈아주고 밥도 주고, 화장실 청소는 물론 설거지까지 모든 궂은일을 피하지 않고 도맡아 했다. 피곤하고 고달팠지만 즐거웠다. 이런 불편한 몸으로 누군가에게 도움을 줄 수 있다는 사실이 행복했다.

하루하루 130여 명의 아이들을 돌보며 열심히 살았다. 그녀가 불편한 몸으로 아이들을 돌본다는 이야기가 퍼져 중국 정부기관까지 알게 되었다. 그녀는 정식 복지사로 임명되었고, 1985년에는 지방정부로부터 '모범근로자상'까지 받았다.

어느덧 세월이 흘러 그녀는 50살이 훌쩍 넘었다. 어느 날, 고아원에 예쁜 숙녀가 그녀를 찾아왔다.

"엄마, 저 왔어요."

"짜우지, 어서 오너라."

의자 다리로 성큼성큼 걸어나가 숙녀를 맞이했다. 쉬를 찾아온 사람은 그녀가 키우고 돌봤던 아이다. 어느덧 성인이 되어 직장 생활을 하고 있다. 명절이라 고아원을 찾아온 것이다.

짜우지는 그녀에게 다가와 손을 잡았다.

"엄마, 내가 얼마나 보고 싶었는데."

"그래, 잘 왔다. 직장은 잘 다니고 있지?"

"응. 얼마나 그리웠는지 몰라. 엄마가 움직일 때마다 나는 의자 소리 말이야."

그녀는 딸과 같은 짜우지를 끌어안았다. 행복했다. 두 다리는 없지만 그녀는 130명의 자식을 둔 어머니이다.

그들만의 눈물을
응원한다

행복하다고 느끼는 경우가 두 가지 있습니다. 하나는 정말로 나에게 행
복한 일이 주어졌을 때입니다. 길을 가다 돈을 주웠다든지, 열심히 공부
해서 좋은 성적을 얻었다든지, 승진을 했다든지 말입니다.

　다른 하나는 불행에서 찾아오는 행복입니다. 불행한 일이 찾아오면
먼저 고통과 슬픔의 감정을 느끼지만 그것을 잘 극복하면 감사의 감
정이 생깁니다.

　'이 정도라서 다행이야.'
　'나보다 더 힘든 일을 겪은 사람도 있는데 뭐….'
　'다시 살아갈 수 있는 힘을 줘서 고마워.'

　이처럼 힘든 일을 겪게 되면 겸손해지고 낮은 곳을 바라보게 됩니다.
그래서인지 가난하고 어려운 사람들이 봉사활동에 적극적입니다. 비슷
한 처지에 있는 사람들의 심정을 누구보다 잘 알기 때문입니다.

구세군의 창시자 윌리암 부스도 어려운 일을 겪은 후, 남을 위한 삶을 살기 시작했습니다. 그는 매우 병약한 사람이었습니다. 어느 날, 병원을 찾아갔는데 의사로부터 충격적인 말을 듣습니다.

"이런 몸으로는 1년도 넘기기 힘듭니다. 절대 안정이 필요합니다."

하늘이 무너져 내리는 절망감을 느꼈습니다. 하지만 그 순간에 소중한 걸 깨달았습니다.

'1년 동안 어떤 일을 해야 내 삶이 아름다울까?'

그는 사회의 약자를 돕기 시작했습니다. 남을 돕는 과정에서 진정한 행복을 느꼈고 건강이라는 기적의 선물도 받게 되었습니다. 그는 83세까지 장수했습니다.

사람이 살아가기 위해서는
네 가지 물리적인 요소가 필요한 법이다.
공기와 물, 음식, 마지막으로 마음의 소통이다.
공기와 물, 음식이 없으면 사람의 생존이 불가피하다.
마찬가지로 사람과 사람 사이에
따스한 소통이 없을 때,
살아 있지만 죽은 것과 다를 바가 없다.

– 미조리 스완슨

아픈 이의 마음을
보듬어주기

상계동 주민들은 억장이 무너졌다. 정부 측에서 마지막 통보를 한 것이다.

"이번 달 말일까지 다들 이사 가주세요. 다음 달부터 철거를 시작합니다. 더 버틸 생각은 하지 마세요."

"아무리 올림픽도 중요하지만 사람 사는 것도 중요하잖아요. 평생 내 터전이다 생각하고 살아왔는데 이사를 가라니, 세상에 이런 법이 어디 있습니까? 이곳은 내 고향이고 우리의 고향입니다."

"사정은 알겠지만 더 이상 양보할 순 없습니다. 88올림픽이 내년에 열립니다. 외국 손님들이 우리나라에 많이 올 텐데 이런 낡은 집과 판자촌을 보여줘야겠습니까? 서둘러 이사 가세요."

주민들이 버티고 저항해도 소용이 없었다. 이제는 정말이지 집을 잃고 쫓겨날 판이었다.

소식을 들은 김수환 추기경은 비서 신부에게 말했다.

"상계동으로 가야겠습니다. 그들을 위로해줘야겠어요."

"괜히 가시는 거 아닙니까? 현재 주민들은 몹시 흥분한 상태입니다. 자칫 위험에 빠질 수 있습니다."

"아닙니다. 그들은 약자입니다. 나 같은 신부가 그들의 편에 서야 합니다. 이렇게 위로밖에 할 수 없다는 게 안타까울 뿐입니다. 어서 갑시다."

해가 질 무렵, 추기경은 상계동 판자촌에 갔다.

동네 사람들이 그를 곱지 않는 시선으로 쳐다보더니 거칠게 말했다.

"추기경이 여기 무슨 일로 왔습니까? 우리가 쫓겨나지 않게 해줄 수 있어요?"

"아니요."

"그럼 가세요. 필요 없습니다. 추기경도 우리 편이 아닙니다."

"저도 안타깝습니다. 그렇다고 이렇게 분노하며 절망에 빠져서는 안 됩니다. 분명 좋은 날이 올 겁니다. 조금만 더 힘을 냅시다."

추기경은 진심을 담아 위로와 격려의 말을 건넸지만 동네 사람들은 마음을 받아주지 않았다.

추기경은 자신이 그들의 마음과 하나라는 걸 보여주고 싶었다.

"제가 여러분에게 해줄 수 있는 게 없네요. 하지만 아직 내 손과 마음이 따뜻하니 여러분이 허락한다면 발을 씻겨드리고 싶습니다. 발이 깨끗하고 건강하면 좋잖아요."

동네 사람들은 뜻밖의 제안에 당황했다. 감사의 눈빛을 보내는 사람도 있는가 하면 못마땅하게 여기는 사람도 있었다.

짧은 머리의 남자가 비아냥거리듯 말했다.

"지금 쇼하는 겁니까? 이런 거 싫습니다."

"고생하는 여러분을 보니 그저 발 한번 씻겨 드리고 싶다는 생각이 들었습니다. 허락해주십시오. 그래야 제 마음이 가벼워질 것 같습니다."

추기경은 쪼그려 앉아 남자의 발목을 잡았다.

"허락해주세요."

당황한 남자는 마지못해 고개를 끄덕였다.

세숫대야에 물을 담고 남자의 발을 씻겼다. 어느새 남자의 입가에는 미소가 번졌다. 추기경의 따뜻한 마음이 전해진 것이다.

남자는 머리를 긁적거리며 수줍은 듯 말했다.

"높으신 추기경님께서 하찮은 저의 발을 씻겨주시다니 너무나 영광입니다."

추기경은 고개를 내저으며 말했다.

"아닙니다. 이렇게라도 함께할 수 있어 좋습니다. 저는 높지 않습니다. 가장 낮은 곳에 있습니다. 그러니 속상하고 괴롭고 힘든 일이 있으면 저에게 도움을 청하세요. 제가 할 수 있는 온 힘을 다해 도와드리겠습니다. 정부 측에도 여러분의 의견을 잘 전달하겠습니다."

"고맙습니다. 정말로 고맙습니다. 조금 전에 무례하게 행동한 거 용서해주십시오."

"용서라니요. 용서는 오히려 제가 구해야죠. 너무 늦게 찾아온 저를 용서하세요."

"아닙니다. 추기경님."

추기경은 동네 사람들에게 머리를 숙였다. 동네 사람들은 손을 내저으며 추기경에게 머리를 숙였다.

그날, 밤하늘에 떠 있는 별들이 따뜻하고 아름다웠다.

그들만의 눈물을
응원한다

'이웃사촌'이라는 말이 있습니다. 이웃과 잘만 지내면 오히려 멀리 있는 친척보다 가깝고 의지가 된다는 말이죠.

요즘은 이웃사촌이라는 말이 점점 무색해지고 있습니다. 개인주의가 팽배하다보니 이웃과 인연 맺기를 꺼리고, 자기 일이 아니면 절대 참견하지 않습니다. 옆집에 누가 사는 줄도 모릅니다. 때문에 이웃에 슬픔이나 불행이 닥쳐도 알지 못하고 위로의 말조차 건네지 못합니다.

세상이 점점 각박해지고 있습니다. 혼자서는 세상을 유지할 수 없고 나만 생각하는 이기적인 마음으로는 좋은 세상을 만들 수 없습니다. 이웃은 함께 호흡하고 살아야 하는 운명공동체입니다. 남이 아닌 형제이고 나 자신인 것입니다.

이웃사촌, 사람사랑의 정신을 보여준 두 여인이 있습니다. 바로 마리안느 스퇴거와 마가레트 피사렉 수녀입니다. 두 수녀는 1962년 꽃다운 나이에 가난하고 병든 사람에게 사랑을 베풀며 함께 살고자 한센병 환자들이 머무는 소록도로 갔습니다. 수녀들은 한센병 환자들의 치료

를 위해 애쓰며 영아원을 운영하고 자활사업도 활발하게 펼쳤습니다. 무려 43년 동안 머물며 봉사했습니다.

몇 해 전, 두 수녀가 고국 오스트리아로 떠났는데, 그 이유를 편지로 남겼습니다.

"더 오래 머물고 싶지만 이제 저희 나이가 70살이 넘었습니다. 나이가 들어 제대로 일할 수 없습니다. 부담될까 봐 떠납니다. 외국인인데도 친구가 되어주고 큰 사랑을 줘서 고맙습니다."

두 수녀가 떠날 때, 소록도 주민들은 뜨거운 눈물을 흘렸습니다.

"수녀님, 이 은혜를 저희가 어떻게 갚아야죠? 여기서 우리랑 같이 살아요. 저희에게 은혜에 보답할 기회를 주세요."

"아닙니다. 무엇을 바라고 한 게 아닙니다. 그저 사람 사는 도리를 한 것뿐입니다. 이제 정말로 가야겠습니다."

"수녀님…."

"잊지 않겠습니다. 여러분의 눈빛, 눈물, 아픔, 사랑 그리고 소록도의 희망과 아름다운 저녁노을을 다 가슴에 담고 가겠습니다. 먼 훗날, 우리 더 좋은 곳에서 만나도록 합시다."

두 수녀는 정든 소록도를 뒤로하고 고국 오스트리아로 떠났습니다.

인생의 반을 타국에서 병이 든 사람을 위해 봉사하며 산다는 게 쉬운 일은 아닐 겁니다. 천사의 마음, 고귀한 마음, 아름다운 마음이 아니고서는 불가능한 일이죠.

우리는 종종 행복이란 것이 우리가 소유할 수 있는 것이나
돈으로 살 수 있는 것들 속에 숨어 있다고 믿곤 하지요.
우리는 큰 집, 멋진 옷, 비싼 자동차,
혹은 많은 돈이 예금되어 있는 저금통장 속에 행복이 있다고 믿죠.
그러나 그건 진정한 행복이 아닙니다.
진정한 행복은 소유가 아니라 우리가 어떤 사람인지에 달려 있습니다.

- 케네스 힐데브란드

행복한 바보로
살기

한스라는 청년이 있었다. 그는 고향을 떠나 스승 밑에서 7년 동안 열심히 일했다.

"한스야, 그동안 수고가 많았다."

"아닙니다. 스승님과 함께할 수 있어서 참 좋았습니다."

"이제 집에 갈 텐데 마음이 어떠하냐?"

"무척 좋습니다. 어머니를 볼 수 있어 기쁘고 행복합니다."

"그래. 자, 이것 받아라."

스승은 한스에게 수박만한 금덩어리를 내밀었다.

"그동안 열심히 일한 네게 주는 선물이다."

한스는 금덩어리를 보고 기뻐했다.

"그럼, 저는 이만 가보겠습니다."

한스는 금덩어리를 들고 집으로 향했다. 숲길에 접어들 때쯤 다리도 아프고 팔도 아팠다. 금덩어리가 너무 무거웠다. 그때 말을 탄 사람이 옆으로 다가왔다.

"어이, 젊은이. 아주 힘들어 보이는군."

"예. 금덩어리가 너무 커서 힘이 드네요."

"그럼, 이 말과 바꾸겠나? 말을 타면 아주 편하지. 다리도 아프지 않을 거야."

한스는 잠시 고민하더니 금덩어리를 내주었다. 말을 타니 정말로 다리도 안 아프고 편했다. 한참을 가는데 갑자기 말이 앞발을 높이 쳐들고 울기 시작했다. 한스는 말에서 떨어졌다.

"도대체 말이 왜 이러지?"

말을 달랠수록 이리저리 날뛰었다. 어쩔 수 없이 한스는 말을 끌고 걸어갔다.

이번에는 농부가 소를 끌고 나타났다.

"어이, 젊은이. 내 소와 말을 바꾸겠나? 이 소는 젖소라서 언제든지 우유를 짜서 마실 수 있네. 자네도 알겠지만 우유로 치즈도 만들고 버터도 만들 수 있지."

한스는 잠시 고민하더니 고개를 끄덕였다. 한스는 말을 주고 소를 얻었다.

소를 끌고 한참을 걸어가니 목이 말랐다.

"그래, 우유를 짜 마시자."

그러나 소의 젖을 아무리 힘껏 눌러도 젖은 나오지 않았다.

"이런 제기랄!"

급기야 한스는 소의 뒷발에 차이고 말았다. 그때 마침 돼지를 몰고 오는 사람이 있었다.

"어이, 젊은이. 이 돼지하고 소를 바꾸겠나? 돼지고기는 참으로 맛이 좋지. 어떤가?"

한스는 고개를 끄덕였고 돼지의 주인이 되었다. 돼지를 끌고 집으로 향했다. 그런데 돼지는 걸음이 너무 느리고 시끄러웠다.

"어휴, 이러다 언제 집에 도착하지?"

그때 매를 들고 있는 사람이 한스 앞에 나타났다.

"어라, 이 돼지는 이장 집 돼지인데."

"아닙니다. 저는 조금 전에 제 소와 이 돼지를 바꿨습니다."

"쯧쯧. 그건 분명 이장 집 돼지일세. 이렇게 하세. 이 매와 돼지를 바꾸세."

"그래도 될까요?"

한스는 돼지를 주고 매를 받았다. 시끄러운 돼지, 훔친 돼지보다는 매가 낫다고 생각했다.

한스가 거의 집에 다다랐을 때, 우물가에서 한 사내가 숫돌에 가위를 갈고 있었는데 그 모습이 멋져 보였다.

"아저씨, 제가 숫돌을 갖고 싶은데 무슨 방법이 없을까요?"

"숫돌을 줄 테니 대신 당신이 갖고 있는 매를 주시오."

바람이 분다, 그래 살아봐야겠다

"예. 그러지요."

한스는 매와 숫돌을 바꿨다. 숫돌을 얻은 한스는 기뻤다. 그런데 물을 마시다가 그만 실수로 숫돌을 우물 안에 빠뜨리고 말았다. 숫돌은 우물 밑바닥으로 스르르 가라앉았다.

한스는 숫돌이 아깝긴 했지만 입가에 미소를 지었다. 무릎을 꿇고 기뻐하며 기도했다.

"감사합니다. 신이시여! 제가 늘 어려울 때마다 나를 도와줄 사람들을 보내셨군요. 이제는 빈손이 되었으니 마음까지 홀가분합니다."

한스는 행복한 마음으로 서둘러 집에 갔다. 그리운 어머니가 계시는 집으로.

이 이야기는 그림 형제의 『행복한 한스』를 재구성한 것입니다. 한스를
보고 당신은 어떤 생각이 들었습니까? 그를 어리석다고 생각했을 겁
니다. 스승이 준 금덩어리를 가지고 집으로 돌아갔다면 평생을 부유하
게 살 수 있었을 텐데, 그는 만나는 사람들마다 값진 것을 내주고 덜 값
진 것을 받습니다. 매번 손해를 보는 장사였죠. 그러다 결국 빈털터리
가 되고 맙니다. 마지막 숫돌마저 잃었을 때 보통 사람 같았으면 땅을
치며 억울해 했을 텐데 한스는 오히려 신께 자신이 아무것도 소유하지
않았다는 사실에 감사해 합니다.

　보통 사람의 상식으로는 이해되지 않는 부분입니다. 그는 분명 어
리석은 사람입니다. 하지만 달리 생각하면 우리보다 훨씬 높은 차원
의 사람인지 모릅니다. 진정한 행복을 아는 것이지요. 꼭 무언가를 손
에 쥐어야만 행복한 게 아니라 욕심 없는 삶이 행복이라고 우리에게
속삭입니다.

　마음속에서 욕심을 도려내면 행복해집니다. 하나를 더 가지려는 욕
심이 채워지지 않으면 그때부터 속상하고 짜증이 나고 불행해집니다.

처음부터 욕심이 없다면 불행할 이유도 없겠죠.

이 이야기의 처음으로 돌아가 봅시다. 한스에게 있어 행복은 무엇입니까? 바로 집에 돌아가 어머니를 만나는 것입니다. 금덩어리에 대해 소유욕이 있었다면 그는 불행했겠죠. 그러나 애초부터 금덩어리에 대한 미련이 없었습니다. 때문에 금덩어리를 잃어도 마음의 동요가 없었던 겁니다.

행복은 채우는 게 아니라 비우는 것입니다. 그대로의 것을 받아들이는 것입니다. 작고, 적고, 초라하고, 부족해도 만족하며 말입니다. 그게 행복의 시작이며 끝입니다.

마지막으로 법정 스님의 '무소유'에 대해 생각해봅니다.

무소유란
아무것도 갖지 않는다는 것이 아니다.
궁색한 빈털터리가 되 는 것이 아니다.

무소유란 아무것도 갖지 않는 것이 아니라
불필요한 것을 갖지 않는다는 뜻이다.

무소유의 진정한 의미를 이해할 때
우리는 보다 홀가분한 삶을 이룰 수 있다.

우리가 선택한 맑은 가난은 넘치는 부보다
훨씬 값지고 고귀한 것이다.
이것은 소극적인 생활 태도가 아니다.
지혜로운 삶의 선택이다.

우리가 만족함을 모르고 마음이 불안하다면
그것은 우리가 살고 있는 세상과
조화를 이루지 못하기 때문이다.

찾을 수 없다고 문을 닫지 말라.
사랑을 얻는 가장 빠른 길은 주는 것이고
사랑을 잃는 가장 빠른 길은 사랑을 꽉 쥐고 놓지 않는 것이다.
사랑을 유지하는 최선의 길은 사랑에 날개를 달아주는 것이다.

– 더글러스 N. 데프트

한없이 너그러운
큰 그릇 품기

공자의 제자인 민손의 어렸을 때 일이다.

민손은 한참 사랑을 받아야 할 나이에 안타깝게도 어머니를 하늘나라로 보냈다. 그래서 많이 외로웠고 늘 어머니가 그리웠다.

어느 날, 아버지가 한 여인을 데리고 왔다.

"민손아, 이제 이 사람이 너의 어머니란다."

민손은 새어머니에 대한 거부감이 없었다. 친어머니는 아니었지만 좋은 분 같았고 어머니의 빈자리를 메울 수 있을 거라 기대했다.

아버지와 새어머니 사이에 자식이 생겼다. 줄줄이 세 아이를 낳았다. 새어머니는 민손에게 친자식처럼 잘 대했으나 자식이 생기자 갑자기 변했다.

"아이고 우리 아가들. 그래그래. 어서 먹으럼."

맛있는 음식은 동생들에게만 주고 다른 것들도 마찬가지였다. 민손은 찬밥신세가 되었다.

추운 겨울날, 아버지와 함께 민손은 먼 길을 떠나게 되었다. 아버지와 민손이 마차에 올랐다. 아버지가 채찍으로 말의 등짝을 때리자 마차가 출발했다. 마차가 점차 속도를 내면서 찬바람이 두 사람에게 무섭게 달려들었다.

채찍을 쥐고 있던 아버지의 손이 꽁꽁 얼어 제대로 말을 듣지 않았다. 민손도 춥기는 마찬가지였다. 민손은 사시나무 떨듯 몸을 흔들어댔다. 시간이 지날수록 더 요란하게 떨었다.

아버지는 민손을 못마땅하게 쳐다보며 말했다.

"이 녀석아! 아무리 추워도 참아야지. 이 정도의 고통도 참지 못하고 벌벌 떨면 나중에 큰일은 어떻게 하겠느냐?"

민손은 아무 말도 못한 채 고개를 푹 숙였다. 이를 악물고 두 주먹을 불끈 쥐며 추위를 참아보려 했지만 뼛속까지 찾아든 추위 때문에 온몸이 떨리는 걸 멈출 수 없었다.

"이 녀석, 그만 떨어라! 이 정도는 아무것도 아니다."

사실, 민손이 지나치게 떠는 이유는 옷을 얇게 입었기 때문이었다. 새어머니가 동생들에게는 두툼한 솜옷을 지어 입히고, 민손에게는 홑옷을 주었다.

민손은 이를 아버지에게 말하려다 그냥 입을 다물었다. 괜히 말했다가 새어머니의 입장이 곤란해질 수도 있기 때문이었다.

아버지는 시간이 지나도 떠는 걸 그치지 않는 민손을 이상하게 여기고 아이의 옷을 한 번 만져보고는 소스라치게 놀랐다.

"네가 입은 것은 홑옷이 아니냐? 이런 날씨에 솜옷을 입어도 추운데 얇은 옷을 입다니…. 도대체 어떻게 된 것이냐?"

집에 돌아온 아버지는 다른 아이들의 옷을 만져보았다. 모두 두툼한 솜옷이었다.

아버지는 아내에게 소리를 질렀다.

"도대체 이게 어떻게 된 거요! 왜 민손이의 옷은 얇고 나머지 아이들의 옷은 두꺼운 거요?"

아내는 아무 말도 못했다.

아버지는 아내의 못된 마음을 용납할 수 없었다.

"당장 나가시오! 당신 같은 사람을 아내로 둘 수 없소! 이 아이들은 내가 돌볼 것이오."

아내는 자신의 잘못을 싹싹 빌며 용서를 구했지만 아버지는 단호했다.

"어서 나가시오. 꼴도 보기 싫소."

그러자 옆에서 지켜보던 민손이 아버지의 옷고름을 잡고 막아서며 말했다.

"아버지, 어머니와 헤어져선 안 됩니다. 어머니를 용서해주세요. 만약 어머니께서 나가신다면 저와 동생들은 또 다른 어머니 밑에서 구박을 받으며 살 것입니다. 지금까지는 저 혼자면 됐지만 이제 동생들마저 그런 아픔을 겪어야 합니다. 동생들을 가엾게 여기시고 어머니를 용서해주세요."

민손의 말에 아버지의 화가 사그라졌다.

뒤늦게 자신의 잘못을 뉘우친 새어머니는 민손의 손을 잡으며 진심으로 용서를 빌었다.

살다보면 나에게 아무런 피해를 주지 않았는데 괜히 밉고 싫은 사람이 있습니다. 하물며 나에게 피해를 주고 고통을 준 사람은 얼마나 밉고 싫겠습니까? 원망스럽고 복수하고 싶다는 생각이 수시로 들 것입니다.

하지만 원망하고 복수한다고 해서 마음이 후련해지는 건 아닙니다. 처음에는 통쾌할지 몰라도 시간이 지나면 마음이 씁쓸하고 찜찜합니다. 원망과 복수는 또 다른 슬픔을 불러올 뿐이죠.

만약 넓은 마음으로 그 사람을 감싸준다면 어떨까요? 마음이 편안해지고 자신 안의 평화를 느낄 겁니다.

일찍이 공자는 '寬則得衆(관즉득중)'이라고 말했습니다. 즉, 너그러우면 많은 사람의 마음을 얻을 수 있음을 뜻합니다.

너그러움을 베푼다는 게 쉬운 것은 아니지만 못할 일도 아닙니다. 해맑게 웃는 어린아이를 보십시오. 눈빛 속에 원망이 있고 미움이 있습니까? 없습니다. 오직 행복과 사랑과 평화만 존재합니다. 누구나 처음에는 어린아이였습니다. 처음 마음을 기억해내고 간직한다면, 깊고 드넓은 바다와 같은 마음을 지닌다면 누군가를 용서하고 베풀고 포용하는 일은 가능하겠지요.

'寬則得衆(관즉득중).' 이 말은 특히, 조직을 이끄는 리더나 정치를 하는 사람들이 새겨들어야 합니다. 다른 사람의 말에는 귀 기울이지 않고 내 주장만 펴고, 내 이익만 챙긴다면 그 사람은 오래가지 못합니다.

아울러 늘 마음의 여유를 갖고 상대방의 처지와 고통을 이해하고, 나의 이익에 손상이 가더라도 남의 이익이 남는다면 과감히 행하고, 아랫사람이 잘못을 해서 꾸짖을 상황이더라도 한 번 더 기회를 주고 너그럽게 참을 수 있어야 합니다. 그런 덕을 가져야만 사람들이 따르고 존경을 받을 수 있겠죠.

중국 춘추시대 초나라 장왕의 너그러움은 배울 만합니다. 장왕이 여러 신하들과 술을 마시는데 갑자기 등불이 꺼졌습니다. 그때 평소 후궁을 사모하던 신하가 후궁에게 입맞춤을 했습니다. 깜짝 놀란 후궁이 신하의 갓끈을 잡아 뜯고서 장왕에게 아뢰었습니다.

"누군가가 저를 희롱했습니다. 갓끈이 떨어진 자를 찾으십시오."

장왕이 말했습니다.

"신하들을 대접하는 자리요. 그들을 벌할 생각이 없소."

그리고는 신하들에게 말했습니다.

"모두들 갓끈을 떼어내라. 불이 켜진 다음에도 갓끈이 붙어 있으면 엄벌에 처하겠노라."

장왕은 무례한 행동을 한 신하를 너그럽게 용서한 것입니다.

서로 사랑한다는 것은
한쪽이 다른 쪽을 자신의 색깔로 물들이는 것이 아니라,
두 사람의 색깔을 바탕으로
각자의 색깔을 하나로 용해시켜
또 다른 세계를 저마다의 인생에 더하는 것이다.

– 오치아이 게

새벽 4시에 걸려온
친구 전화 받아주기

동혁과 진만은 어릴 때부터 한동네에 사는 친구 사이다. 둘 다 외아들이었기 때문에 서로 의지하며 형제처럼 지냈다.

"동혁아, 오늘 우리 집에서 잘래?"

"좋아. 그럼 내일은 우리 집에서 자는 거다."

"당연하지."

하루 종일 함께 지내다 보니 노는 시간과 공부하는 시간도 같았다. 동혁이 책 읽는 걸 좋아해서 진만도 자연스럽게 책과 친해졌다. 중학교까지는 동혁의 학교 성적이 월등히 우수했는데, 고등학교 졸업 때가 되니 진만도 거의 비슷한 실력이 되어 진만의 부모는 동혁에게 늘 고마워했다.

"동혁이 덕분에 우리 진만이가 공부를 잘하게 됐구나. 동혁아, 고마워. 어서 식기 전에 먹어라."

"예. 잘 먹을게요."

둘은 명문대 컴퓨터공학과에 함께 입학했다. 동혁은 군대를 해병대로, 진만은 육군으로 갔다. 그 후, 복학도 같은 시기에 하고 졸업도 같은 해에 했다. 둘은 군대에서 보낸 시간 외에는 함께했다. 동네 사람들 중에는 둘이 형제인 줄 아는 사람도 적지 않았다.

군대를 제대한 후, 둘은 같은 회사에 입사시험을 봤다.

"야, 동혁아. 최종 1인이 될 자신 있냐?"

"몰라. 해봐야지. 넌?"

"나도 잘 모르겠어. 열심히 해봐야지."

이 회사는 입사시험 1등에게 해외유학을 보내주는 특전이 있었다. 다행스럽게도 동혁과 진만은 신입사원으로 뽑혔고, 최종심에도 나란히 올랐다.

"동혁아, 너와 나 중에 누가 될까?"

"실력이 있는 사람이 되겠지. 여하튼 잘됐다. 둘 중에 한 명은 유학 갈 수 있으니까 말이야."

"그래. 우리 정정당당히 겨루는 거다. 알았지?"

"당연하지."

최종 시험의 절차는 영어회화와 사장을 포함한 임원들의 심층 면접으로 구성되었다.

최종 시험이 일주일 앞으로 다가왔기 때문에 둘은 준비에 박차를 가했다. 동혁과 진만은 이 기회를 놓치고 싶지 않았다. 최후의 1인이 되면 회사에서 인정받고 유학의 기회도 얻을 수 있기 때문이다.

최종 시험 3일 전, 진만은 동혁에게 전화를 걸었다.

"동혁아, 준비는 잘되니?"

갑자기 동혁의 목소리에서 울음이 섞여 나왔다.

"진만아…, 아버지가 돌아가셨어."

"뭐? 사실이야?"

"응. 공사장에서 떨어지셔서…."

진만은 전화를 끊자마자 동혁의 집으로 달려갔다. 바람이 가슴을 뚫고 지나가는 듯 마음이 쓰라리고 아팠다.

"동혁아, 동혁아."

진만은 동혁의 이름만 불러볼 뿐 아무 말도 할 수 없었다. 너무나 갑작스런 일이라 위로의 말조차 생각나지 않았다.

아버지의 죽음으로 인해 정신이 없을 친구를 대신해 진만은 장례식 준비를 거들었다.

"진만아, 너 지금 뭐해? 어서 집으로 가."

"가긴 어딜. 네가 이러고 있는데 내가 어딜 가냐."

"그게 무슨 소리야? 내일모레가 시험이잖아. 준비해야 유학 갈 수 있지. 아니다. 내가 포기할 테니 네가 가라. 어차피 한 사람만 가기로 되어 있잖아."

"너 지금 그걸 말이라고 하냐? 당당하게 겨루기로 했잖아. 내가 그렇게 비겁한 놈인 줄 알아?"

"그건 비겁한 게 아니야. 상대가 포기하면 당연히 네가 가는 거지."

"그만해! 지금 그게 문제냐!"

사실, 진만에게는 절호의 찬스였다. 하지만 친구의 아픔을 외면하고 혼자서 영광을 누리고 싶지 않았다.

밤새도록 진만은 슬퍼하는 동혁을 위로하고 함께 눈물을 흘렸다.

다음 날 태양은 여느 때와 다름없이 떴다. 둘은 멍하니 아침 해를 바라보았다. 삶이 이토록 허무하게 느껴진 적이 없었다.

"동혁아, 잠깐 집에 다녀올게."

"그래, 알았어."

진만은 집에 오자마자 회사 인사팀에 전화를 했다. 인사팀장에게 동혁의 사정을 얘기하고, 자신도 시험을 포기하겠다고 말했다.

진만은 장례식이 끝나는 순간까지 동혁 옆에 있었다. 그 덕에 장례식을 무사히 마칠 수 있었다. 결국, 둘의 기회는 날아가고 차점자에게 유학의 기회가 돌아갔다.

"진만아, 괜히 나 때문에 너까지 손해를 봐서 어떻게 하나?"

"무슨 소리야? 손해라니. 난 이익이야. 유학 가서 너랑 떨어져 있는 것보다 네 곁에서 많이 배우는 게 더 이익이야."

"고맙다."

동혁은 진만의 손을 잡았다.

"징그럽게 왜 이래? 저리 가."

"야, 이리 와. 좀 잡고 있자. 응?"

동혁은 진만을 보고 미소 지으며 마음속으로 말했다.

'진만아, 고마워. 정말 고마워.'

그들만의 눈물을
응원한다

친구를 달리 표현하는 수식어가 참 많습니다.

> '이 세상 최고의 작품보다 더 위대한 사람.'
> '내 슬픔을 대신 등에 짊어질 수 있는 사람.'
> '세상 사람들이 모두 나를 외면할 때 가장 먼저 찾아오는 사람.'

이런 멋진 말들을 대신할 수 있는 진정한 친구가 당신에게는 있습니까? 진정한 친구가 한 명이라도 있다면 그 삶은 행복하고 성공했다고 말하기도 합니다. 그만큼 진정한 친구를 얻는다는 것이 어렵다는 말이겠지요.

친구를 사귈 때는 이해타산을 따지거나 보상을 바라지 않아야 합니다. 다시 말해 순수한 마음으로 하나가 되어야 합니다. 그래야만 그 관계를 오래 유지할 수 있습니다.

또한 의협심이 있어야 합니다. 내가 조금 손해를 보더라도 친구를 위해 기꺼이 내 것을 내놓을 줄 알아야 합니다. 그게 바로 우정이며 사랑이며 멋진 일입니다.

탈무드에는 이런 말이 나옵니다.

"친구에는 세 가지 종류가 있다. 첫째는 음식과 같은 친구로 매일 빠져서는 안 된다. 둘째는 약과 같은 친구로 이따금 있어야만 한다. 셋째는 병(病)과 같은 친구로 이를 피하지 않으면 안 된다."

왜 나에겐 진정한 친구가 없을까, 하고 고민하기보다 친구들에게 나는 어떤 친구인지를 점검하고 먼저 진정한 친구가 되어야 합니다. 그러면 당신은 행복하고 성공한 삶을 살았다 할 수 있을 겁니다.

욕설은 한꺼번에 세 사람에게 상처를 준다.
욕을 먹는 사람, 욕을 전하는 사람.
그러나 가장 심하게 상처를 입는 사람은 욕을 한,
그 사람 자신이다.

– 막심 고리키

가시 돋은 말
하지 않기

정약용이 고향 마을에 내려갔을 때의 일이다. 그동안 정치활동과 저술활동을 하느라 정신없이 보냈는데, 오랜만에 한가로운 나날이었다.

정약용은 마을 친구들과 함께 술 한잔을 하기로 했다.

"약속 시간이 되어 가는군. 이제 나가봐야겠다."

정약용은 머리에 갓을 올려 끈을 야무지게 묶은 후 신발을 신고 집을 나섰다. 집 근처 장터에는 사람들로 북적였다. 만나는 사람마다 눈인사를 하며 안부도 전했다.

"세상이 장터처럼 활기차고 정직했으면 좋으련만."

장터를 지나 그는 약속 장소인 산기슭에 위치한 정자에 도착했다. 친구들이 벌써부터 자리 잡고 앉아 서로 술잔을 돌리고 있었다.

"어이, 다산. 어서 오게. 반갑네."

"그래, 다들 오랜만이네."

"자네처럼 높으신 양반을 볼 수 있어서 영광일세."

"실없는 사람 같으니. 자네는 나이가 몇 살인데 아직도 장난인가? 그만하고 술이나 한잔 주게."

뚱뚱한 친구 한 명이 웃으며 정약용에게 술잔을 건넸다.

정약용은 잔을 금세 비웠다.

"술맛 좋군. 역시 술은 우리 마을 것이 최고야. 안 그런가?"

"그렇지."

정약용과 친구들은 술잔을 주고받으며 회포를 풀었다. 시간이 흐르고 다들 거나하게 취했다. 얼굴과 목이 빨갛게 달아올랐다.

친구 중 한 명이 불쑥 말을 내뱉었다.

"이놈의 세상, 참 한탄스러워. 능력도 안 되고 성품도 안 되는 것들이 부모 잘 만나서 권세와 부를 거머쥐고. 이게 뭔가! 우리 마을에도 그런 자가 몇 명 있지 않나? 궁궐 안에도 수두룩하고. 안 그런가, 다산?"

"자네 말이 옳네. 하지만 남을 함부로 말하는 건 잘못일세. 말은 메아리와 같아서 다시 돌아오는 법이지. 자네 한 잔 받게나. 이건 벌주일세."

"벌주라…. 그래, 좋네. 자네는 늘 옳은 소리만 하니 자네가 주는 벌은 달게 받겠네."

옆에 있던 친구가 정자 밑에서 당근을 먹고 있는 말을 보더니 입꼬리를 올리며 말했다.

"저놈의 말은 먹기는 일등이야. 무거운 짐도 못 지고 걸음도 어찌나 느린지 원! 말이 아니라 거북이라니까! 팔아버리던지 해야지…."

정약용은 그 친구에게도 술을 권하며 말했다.

"자, 자네도 벌주일세. 말 못하는 짐승이라고 함부로 말하면 안 되지. 짐승도 다 느낄 수 있다네. 주인이 나를 사랑하는지, 아니면 싫어하는지 말이야. 앞으로 화를 내거나 비난할 일이 있으면 저 바위한테 하게. 바위는 아무리 나쁜 소리를 해도 다 받아준다네."

친구는 벌주를 마신 후, 정약용에게 따지듯 말했다.

"짐승에게 함부로 말하지 말라면서 왜 바위한테는 함부로 말해도 된다는 건가? 바위도 속으로 기분 나빠하지 않겠나? 자네의 말은 앞뒤가 맞지 않네."

그러자 정약용은 미소 지으며 말했다.

"자네 말이 옳네. 바위도 분명 느낄 걸세. 그래서 나는 저 바위에게 싫은 소리 한 번 하지 않았네. 늘 바위를 볼 때마다 이렇게 말한다네. '너는 참으로 우직한 충정을 가졌구나. 긴 세월 비바람을 맞아도 변함없으니 말이다.' 그럼 바위도 빙그레 미소를 보이지."

정약용의 말을 들은 친구들은 고개를 끄덕였다.

"역시 자네는 바른 사람이야. 자네의 뜻을 살려 이 정자를 '바위도 칭찬해야 한다' 해서 '품석정'이라 지어야겠네."

정약용과 친구들은 많은 얘기를 나눴고 서로의 우정을 돈독하게 다졌다.

"칭찬은 고래도 춤추게 한다"는 말이 있죠. 조련사가 채찍과 고함, 비난
의 말을 돌고래에게 한다면 아마 돌고래는 심한 스트레스를 받아 조련
사의 명령에 반항할 것입니다. 그러면 쇼는 엉망이 되겠죠.

그러나 조련사가 돌고래에게 적절한 칭찬과 격려, 적당한 보상, 즉
맛있는 물고기를 던져준다면 돌고래는 신이 나서 점프도 하고 공중제
비도 돌며 조련사에게 자신을 맡깁니다.

이 세상에 칭찬을 싫어하는 이는 아무도 없을 겁니다. 식물도 칭찬을
좋아한다고 합니다. 사랑의 말과 좋은 음악을 들은 식물이 그렇지 않은
것보다 잘 자라고 튼튼하다는 연구 결과도 있습니다. 동물도 식물도 칭
찬에 이토록 민감한데 하물며 사람은 오죽하겠습니까.

칭찬 한마디에 종일 기분이 좋고 비난 한마디에 종일 우울해집니다.
이왕이면 칭찬을 하는 게 서로를 위해 훨씬 낫겠죠. 실제로 어느 회사
는 '칭찬 프로그램'을 운영 중이라고 합니다. 팀장은 의무적으로 하루
에 한 번씩 팀원들에게 칭찬을 한답니다.

물론 팀장도 사람인지라 좋아하는 팀원이 있고, 정이 안 가는 팀원

도 있을 겁니다. 그러나 칭찬거리를 찾다 보면 싫은 팀원도 서서히 정이 가고 장점도 발견하게 됩니다. 그러다 보면 서로의 관계가 돈독해지고 업무력도 향상되겠죠.

칭찬만 잘해도 세상은 지금보다 더 부드럽고 아름다워질 것입니다. 서로의 장점을 발견하고, 서로를 격려하고 따뜻한 가슴으로 안아주면 미움도 질투도 경쟁도 사라지기 마련입니다. 물리적인 힘이나 금전적인 손해가 가는 것도 아니니 칭찬을 아끼지 맙시다. 그렇다고 거짓된 칭찬은 금물입니다. 칭찬 안에도 진정성이 있어야 합니다. 누군가에게 잘 보이기 위해서 하는 칭찬은 아첨이 되고 말죠.

오늘의 맑은 이 아침,
이 순간에 그대의 행동을 다스리라.
순간의 일이 그대의 먼 장래를 결정한다.
오늘 즉시 한 가지 행동을 결정하라.
나쁜 습관을 버리고 좋은 습관을 가져야 한다.
오늘 그릇된 한 가지 습관을 고치는 것은
새롭고 강한 성격으로 출발한다는 것을 의미한다.
새로운 습관은 새로운 운명을 열어줄 것이다.

- 라이너 마리아 릴케

나사못 하나의
힘을 믿어보기

"이거 놓으란 말이에요. 제가 알아서 가겠습니다."

철구는 경찰관들의 손을 뿌리치며 재판장 안으로 들어갔다. 그는 불만 가득한 표정을 지으며 뻐딱한 자세로 서 있었다.

재판관은 근엄한 목소리로 철구에게 말했다.

"여기는 신성한 재판장입니다. 자세를 바르게 해주세요."

"재판관님, 저는 억울합니다. 왜 아무 죄도 없는 저를 이곳에 세우는 겁니까?"

"잘잘못은 재판을 진행해보면 알 것입니다."

"재판을 진행하나 마나입니다. 저는 아무런 죄가 없습니다."

"조용히 하세요. 제가 묻는 말에 대답하세요. 김철구 씨, 당신의 직업은 무엇입니까?"

"현재 직업은 없습니다. 요즘은 가끔 낚시하러 다닙니다."

"그렇군요. 당신이 왜 여기 왔는지 제가 말을 할 테니 맞으면 맞다고 대답하십시오."

"예, 알겠습니다."

재판관은 사건 서류를 펼쳐보더니 다음과 같이 말했다.

"김철구 씨, 당신은 5월 10일 아침에 기차선로를 침목에 고정하는 나사 하나를 뽑아낸 죄로 현장에서 체포됐지요? 자, 여기 바로 이 나사못 말이오! 이것 때문에 당신이 여기 온 것 맞죠?"

"맞습니다."

"왜 뽑은 거죠?"

"낚시추로 쓰려고 했습니다."

"낚시추요? 거짓말하지 마세요. 겨우 낚시추로 사용하기 위해 나사못을 뽑았단 말이요? 나사못을 뽑은 진짜 이유를 말하세요. 법정에서 거짓말을 하면 아주 큰 죄가 된다는 걸 잊지 마세요."

철구는 눈을 크게 뜨고 말했다.

"정말로 낚시추로 쓰려고 나사못을 뽑은 겁니다. 낚시추가 없으면 낚시가 불가능합니다. 낚싯줄에 추를 매달아야만 물 밑으로 가라앉아 물고기를 잡을 수 있습니다. 물론 가끔씩 물 위로 떠다니는 물고기도 있긴 하지만 아주 드문 일이죠. 그러니 꼭 추를 달아야 합니다."

재판관은 답답한 듯 한숨 섞인 말투로 말했다.

"도대체 물고기 얘기를 하는 까닭이 무엇입니까?"

"재판관님이 묻지 않았습니까."

재판관은 고개를 저으며 말했다.

"난 당신이 낚시추로 사용하기 위해 나사못을 뽑았다는 말을 믿을 수 없습니다. 당신은 다른 의도가 있는 게 분명합니다."

"다른 의도라니요? 그런 거 없습니다."

"분명 당신은 열차를 전복시키기 위해서 엄청난 범죄를 저지른 거요. 경찰이 다행히 현장에서 잡았기에 망정이지 만약 열차가 뒤집혔다면 어쨌겠습니까?"

철구는 코끝으로 내려온 안경을 올리며 말했다.

"무슨 그런 끔찍하고 무서운 말씀을 하십니까! 전 그런 끔찍한 일을 할 사람이 아닙니다. 개미 한 마리도 못 죽이는 제가 어떻게 그런 끔찍한 일을 벌이겠습니까? 생각만 해도 온몸이 떨리고 무섭습니다."

재판관은 근엄한 목소리로 야단치듯 말했다.

"나사못 두 개만 뽑아도 열차가 탈선을 하고 뒤집힌단 말입니다. 당신은 아주 중대한 범죄를 저지른 겁니다."

철구는 고개를 절레절레 흔들며 말했다.

"겨우 나사못 몇 개 때문에 열차가 뒤집힌다고요? 믿을 수 없습니다. 제가 선로를 통째로 들어낸 것도 아니고, 달리는 열차에 뛰어든 것도 아니고, 단지 나사못 하나를 뽑았을 뿐입니다. 나사못 하나 때문에 열차가 뒤집힐 수도 있다니 이해가 안 됩니다."

재판관은 답답한지 손으로 가슴을 치며 다시 말했다.

"나사못을 뽑으면 선로가 흔들거려 결국 열차가 뒤집힌다니까요! 왜 그걸 모르세요. 그리고 당신 집에서 이 나사못도 나왔습니다. 이건 또 뭐죠?"

"예. 그건 옆집 사는 친구가 준 것입니다."

"그럼, 공범도 있다는 말씀인가요?"

"공범이라뇨. 그저 나사못 하나 뽑은 것뿐이에요. 그 친구도 낚시를 좋아해서요. 친구 집에 몇 개 더 있습니다."

재판관은 두 눈을 동그랗게 떴다.

"정말 큰일 낼 사람들이군! 도대체 자네들의 정체는 뭔가? 열차를 뒤집 어서 어떻게 할 생각인가? 나라에 혼란을 일으키려는 의도가 뭐야?"

철구는 마른 입술을 혀로 적시며 말했다.

"저희는 그저 물고기를 잡으려고 나사 몇 개를 뽑았을 뿐입니다. 혹 시라도 의심스러우면 마을 사람들에게 여쭤보세요. 낚시추가 없으면 떠다니는 물고기밖에 잡지 못합니다. 재수가 없으면 단 한 마리도 잡을 수 없게 됩니다. 그러니까 낚시추가 없으면 안 됩니다. 재판관님, 이제 저 돌아가도 되겠죠? 나사못 하나 때문에 재판관님 신경 쓰게 해서 죄 송합니다. 그럼 안녕히 계십시오."

철구는 꾸벅 인사를 하고 돌아섰다.

그러자 재판관이 철구를 불렀다.

"김철구 씨! 지금 어디 갑니까? 당신이 가야 할 곳은 집이 아니라 감 옥입니다."

결국, 철구는 경찰관에게 끌려 나갔다. 눈물을 흘리며 철구는 중얼거렸다.

"세상에 이런 법이 어디 있어! 물고기를 잡으려고 나사못 하나를 뽑았을 뿐인데 감옥이라니!"

예전 TV 프로그램 중에 '양심냉장고'라는 코너가 있었습니다. 늦은 밤
이나 새벽녘의 운전자 중에 신호를 제대로 지키는 사람을 찾아 냉장고
를 선물로 주는 내용이었습니다.

그런데 냉장고의 주인공을 찾기가 쉽지 않았습니다. 대부분의 사람
들이 정지 신호인데도 횡단보도 앞 정지선에 멈추지 않고 그냥 지나갔
습니다. '사람도 없는데 뭐 어때, 설마 사고 나겠어, 나 하나쯤이야 괜
찮겠지' 하고 대부분 법과 규칙을 무시했습니다.

양심을 버리지 않고 정지선을 지킨 운전자는 양심냉장고의 주인공
이 되어 뜻밖의 행운을 얻었습니다. 주인공 중 한 명은 덤덤한 표정으
로 "냉장고를 받게 돼서 기쁘긴 하지만 당연히 지켜야 할 것을 지켰을
뿐인데 상을 받다니 참 쑥쓸합니다"라고 말했습니다.

언제부턴가 사람들은 법과 질서에 대해 무덤덤해져 될 수 있으면 법
망을 빠져나가는 게 이익이라 여기는 것 같습니다. '나 하나쯤 괜찮겠
지' 하고 길거리에 껌을 뱉겠지만 모든 국민이 다 그런 생각을 갖고 있
다면 길거리는 검은 껌 자국으로 지저분해질 것입니다.

아주 작은 것이지만 그것이 지켜졌을 때 세상은 삐걱대지 않고 잘 굴러갑니다. '나 하나쯤'이 아닌 '나 하나라도'라는 생각으로 모든 것을 내 것처럼 아끼고 남을 먼저 생각한다면 냉장고를 주지 않아도 세상은 둥글둥글 잘 굴러갈 것입니다.

chapter 5

●

●

청춘,
축제의 장에 왔다면
마음껏 즐겨라

●

●

발가락이 앞을 향해 있기에
그저 앞만 보고 달려왔던가.
속도를 내면 낼수록
세월만 빠르게 지나갔던가.

가는 길 멈추고 천천히, 천천히….
고개 돌려 뒤따라오던 시간도 기다려주고
눈망울이 맑았던 지난날의 나도 보듬어주고
지금은 잠시, 뒤로 두 발짝쯤.

장애물을 헐어버려야 한다.
그대 앞에 버티고 서서 그대의 길을 막고 서 있는 벽을 부숴야 한다.
만리장성의 큰 벽을 뚫고 문을 만드는 엄청난 일도 그대는 해낼 수 있다.
다만 방법이 문제다.
한 번의 시도로 완성을 기대하지 마라.
한 번에 돌 한 개씩을 부수어 점점 크게 부수어 가라.
당신이 부딪힌 큰 문제를 최대한 잘게 쪼개어
하나씩 하나씩 해결해 나가는 것, 그게 성공의 비결이다.

— 로버트 슐러

인생의 허들을
과감히 뛰어넘기

"우리 저 뗏목까지 수영 시합할까?"

"조니, 넌 다이빙 선수잖아. 당연히 물이랑 친하니까 네가 이기겠지. 이건 너무 불공평해."

"그럼 좋아. 네가 먼저 출발해. 나는 열까지 센 후에 출발할 테니까."

"좋았어. 그 정도면 내가 이길 수 있지."

1967년 여름, 다이빙 선수인 조니 에릭슨과 친구는 오랜만에 바닷가에 나와 한가로운 시간을 보내고 있었다. 좁은 풀장이 아닌 드넓은 바다에 몸을 담그고 있는 게 즐거웠다.

"자, 출발한다."

친구는 바닷물 속으로 들어가 열심히 팔과 다리를 움직였다. 파도 때문인지 전진하는 게 여간 어려운 일이 아니었다.

조니는 손가락을 하나하나 접으며 열까지 숫자를 세었다.

"이제 출발이다!"

그녀도 바닷속으로 뛰어들었다. 한 마리 인어처럼 우아하게 수영을 했다. 먼저 출발한 친구와는 비교할 수 없을 정도로 빨랐다. 그녀에게 물속은 즐거운 놀이터나 다름없었다.

그녀는 친구를 금세 따라잡았다. 먼저 뗏목에 도착해 여유로운 미소를 지으며 친구에게 말했다.

"너 아직도 도착 못 했니? 그러니까 평소에 연습 좀 하지 그랬어."

그녀는 승리의 기쁨을 만끽하고 싶었다. 뗏목 가장자리로 가 맘껏 포즈를 취하고 멋지게 다이빙을 했다.

그런데 갑자기 시간이 정지하는 듯했다. 몸에 경련이 일어나고 머리에서 발끝까지 기운이 싹 빠져나갔다. 말도 할 수 없었다. 그저 머릿속으로만 중얼거렸다.

'어, 몸이 왜 이러지? 왜 이렇게 기운이 없지.'

다이빙을 하면서 뗏목 아래에 있던 바위에 머리를 부딪친 것이다. 그 뒤로 의식이 점점 희미해졌다.

친구는 조니를 업고 백사장을 뛰었다.

"조니, 정신 차려. 정신 차리라니까."

친구의 음성이 들리는 것 같긴 했지만 제대로 알아들을 수가 없었다. 팔과 다리가 의지대로 움직이지 않는다는 것은 알 수 있었다. 끔찍한 사고는 순식간에 찾아왔다.

병원으로 옮겨진 조니는 대수술을 받아야 했다. 머리카락을 자르고 의료용 전기 드릴로 두개골 양쪽을 파고들었다. 기다란 금속 젓가락 같은 것으로 금이 가고 조각난 머리를 지탱했다. 팔과 다리는 움직이는 데 제한을 받았다. 눈과 귀와 입만 빼고 모든 것이 엉망이었다. 온몸에 마비가 온 것이다.

수술 후, 조니는 자신의 흉측한 모습을 보며 경악했다. 하루아침에 뒤바뀐 자신의 모습과 삶을 받아들일 수가 없었다. 얼굴과 몸 곳곳을 로봇처럼 금속틀로 고정시켰고, 팔과 다리는 마비로 인해 더 이상 자신의 것이 아니었다.

며칠 후, 조니는 작은 목소리로 친구에게 말했다.

"줄리엣, 부탁 하나만 들어줄 수 있니?"

"그래, 조니. 어서 말해봐. 뭐든지 다 들어줄게. 밤하늘에 별을 따다 달라면 그렇게 할게. 어서 말해봐."

그녀는 눈물을 흘렸다.

"제발 부탁이야. 날 죽여줘. 약이든 뭐든. 제발….”

"조니, 너 왜 그래? 이러지 마. 이런 때일수록 힘을 내야지. 왜 그런 생각을 해."

"내 모습을 보고도 몰라? 너라면 살아갈 수 있겠어? 난 이제 모든 게 끝났어. 차라리 죽는 게 나아!"

조니와 친구는 부둥켜안고 울었다. 아무리 울어도 눈물은 멈추지 않았다.

세월이 흘렀지만 조니의 상태는 호전되지 않았다. 얼굴 밑으로는 마비 증세가 그대로였다. 마음은 자유로운데 몸은 마음을 따라주지 않았다. 그 사실이 괴로웠다. 그녀는 눈을 감고 상상했다.

'올해 크리스마스 파티는 정말 멋지게 할 거야. 트리도 꾸미고 친구들에게 카드도 선물할 거야. 춤도 추고 노래도 부르고, 기회가 된다면 바닷가에 가서 캠프파이어도 할 거야.'

상상만으로도 가슴 벅차고 즐거웠지만 현실은 그게 아니었다. 모든 것이 불가능한 상황이었다.

"빌어먹을! 왜 하필 나한테 이런 일이!"

그녀는 세상 모든 일에 짜증이 났다. 아침에 눈을 뜨는 것, 식사를 하는 것, 주사를 맞는 것, 재활치료를 하는 것, 친구들이 찾아와 위로해주는 것, 엄마와 아빠의 눈물을 보는 것, 이 모든 것이 싫었다.

어느 날, 친구가 그녀에게 책 한 권을 선물했다. 힘든 일을 극복하고 성공이라는 꿈을 이뤄낸 사람들의 이야기였다. 처음에는 별 관심이 없었다. 하지만 길어진 병원 생활에 하루하루가 지루하고 따분해져 자연스럽게 책에 눈이 갔다. 그녀에겐 책 읽는 것조차 쉽지 않았다. 손이 불편하기 때문에 책장을 넘기는 것도 힘들었다. 고민 끝에 생각해낸 것이 입을 이용하는 거였다.

"으으음."

조니는 입에 문 대나무살로 책장을 넘겼다.

"휴, 됐다."

그녀는 책 한 장 읽는 게 이렇게 힘들다는 걸 새삼 느꼈다. 눈이 따끔거리고 입가에 고통이 번졌다. 그러나 뭔가를 할 수 있다는 게 설레었다. 서서히 삶의 의욕이 생겼다.

조니는 방대한 책을 읽었고 그림 그리기에도 도전했다. 입에 붓을 물자 가족들이 만류했다.

"조니, 굳이 이러지 않아도 된다. 우리들이 곁에서 평생 지켜주고 도와줄 테니 그냥 편안하게 있으렴."

가족의 만류에도 그녀는 붓을 입에 물었다.

"할 거예요. 언제까지 가족들에게 기댈 순 없어요. 지금이 아니면 전 평생 어린아이처럼 살아야 해요."

조니는 온종일 펜과 붓을 물고 그림 그리기에 열중했다. 그녀의 실력은 나날이 늘었다. 일반인이 손으로 그린 것보다 더 섬세하게 스케치하고 색칠하는 경지에 이르렀다.

"조니, 이 그림 정말 네가 그린 거니?"

가족과 친구들은 그녀의 그림을 보고 놀라워했다.

몇 년 후, 조니는 자신이 그린 풍경화를 전시회에 출품했다. 그녀의 작품은 예술계에서 뜨거운 호평을 얻었다. 노력은 거기에 그치지 않았다.

"뭐? 조니, 이번엔 글을 쓰겠다고?"

"그림도 그렸는데 글을 못 쓰겠어요? 저 할래요."

오랜 기간 공을 들여 마침내 그녀는 자신의 자서전 『조니』를 펴냈다. 2년 후에는 『한 걸음 더』를 출간했다. 이 책은 영화로 제작되었고, 직접 영화의 주인공으로 열연을 했다.

현재 그녀는 전 세계를 돌아다니며 강연을 통해 청소년에게 꿈과 용기를 전하고 있다. 뜻하지 않은 사고로 아무것도 할 수 없었던 그녀가 이제는 모든 것을 할 수 있는 아름다운 사람이 되었다. 그녀의 이름은 '조니 에릭슨'이다.

그 들 만 의 눈 물 을
응 원 한 다

세상에는 불우한 환경과 신체적인 장애에 굴하지 않고 성공과 꿈을 일
궈낸 위대한 사람들이 많습니다. 평범하고 나약했던 그들을 위대한 사
람으로 만든 힘의 원천은 무엇일까요? 바로 '의지'입니다.

미국의 남북전쟁을 배경으로 당시의 사회상을 묘사하면서 주인공
스칼렛의 사랑과 삶을 사실적으로 그린 『바람과 함께 사라지다』의 작
가인 '마거릿 미첼'도 주어진 상황이 그리 좋지 않았습니다. 젊은 나이
에 사고로 다리를 다쳐 신문사를 퇴사하면서 최고의 기자가 되겠다는
꿈이 물거품이 된 것입니다.

하지만 그녀는 다른 돌파구를 찾기로 했습니다. 하겠다는 의지만 있
으면 뭐든지 가능하니까요. 그렇게 시작한 게 바로 소설을 쓰는 일이
었습니다. 그녀는 10년 넘게 매달려 마침내 소설을 완성할 수 있었습
니다. 자기에게 주어진 환경과 상황에 굴복했다면 위대한 작품이 나왔
을까요. 강한 의지만이 모든 영광을 가능하게 만든 것입니다.

아인슈타인도 마찬가지였습니다. 어릴 적, 수학을 제외한 나머지

과목은 성적이 형편없었습니다. 선생님마저 포기한 학생이었습니다. 하지만 그는 자신이 다른 아이들이 갖지 못한 특별한 재능을 갖고 있다 믿었고, 남보다 더 열심히 공부했습니다. 뛰어난 머리는 아니었지만 노력을 통해 뛰어난 인물이 되었고, 세상이 놀랄 만한 이론을 만들어냈습니다.

미국에서 가장 영향력이 크다는 오프라 윈프리 역시 그렇습니다. 그녀는 세상의 불운을 다 가지고 태어났습니다. 흑인에, 사생아로 태어났고, 9살 때 사촌에게 성폭행을 당하고, 청소년 시절에 마약에 빠지는 등 최악의 상황에서 허우적거렸습니다. 그러나 그녀는 과감히 그곳에서 뛰쳐나왔습니다. 긍정으로 무장하고 꿈을 향해 돌진했습니다. 지금 그녀는 어떻습니까? 미국 내 시청자만 2,200만 명에 세계 105개국에서 방영되는 토크쇼의 여왕이며 잡지, 케이블TV, 인터넷까지 거느린 '하포 주식회사'의 회장입니다.

대부분의 사람들은 환경에 지배를 당합니다. 가난한 집안에서 가난은 고스란히 대물림되고, 우울한 환경에서 자라면 마음의 병이 쉽게 찾아옵니다.

그러나 열악한 환경을 이겨내고 보다 발전된 삶으로 변화하는 일이 불가능한 게 아닙니다. 환경은 주어진 것이지만 인생은 의지에 따라 스스로 바꿀 수 있습니다. 불굴의 의지를 가진 사람은 어떤 환경도, 어떤 장애도 문제가 되지 않습니다. 그게 바로 인생의 묘미이고 우리가 살아가는 이유입니다.

침울한 기분에 빠져든다는 생각이 들 때에는
조그마한 것에 눈을 돌리도록 해라.
작은 곤충, 작은 꽃, 아이의 미소.
그런 것들이 의외로 쉽게 기쁨에 젖어 들게 한다.
어른들의 눈은 때때로 인생의 고뇌와 어려움에만 젖어 있어
나쁜 면만을 볼 때가 많다.
그런 사람들이 당신을 볼 때 무관심과 쌀쌀함이 아닌
더 나은 것을 볼 수 있도록 당신 스스로 노력해야 한다.

－칼 힐티

삶이 나를 속일지라도
굴복하지 않기

"자유의 여신상 꼭 보고 싶었는데 기회가 오다니 정말 신나."

"너 이번이 처음이지? 난 벌써 미국 여행은 다섯 번째야. 다음 연휴 때는 유럽 쪽으로 갈까 해."

공항은 해외여행을 가려는 사람들로 붐볐다. 대합실 구석진 곳에 그녀도 있었다. 그녀의 이름은 '이경자.'

35살 평범한 가정주부였던 그녀에게 가혹한 시련이 찾아왔다. 남편의 외도와 폭력을 참다못해 이혼서류에 도장을 찍었다.

"여기에서 벗어나고 싶어."

그녀는 아이들을 두고 한국을 떠나기로 맘먹었다. 지금은 도망치듯 떠나지만 언젠가는 당당한 모습으로 이 땅을 밟으리라 다짐했다. 물론 그땐 아이들도 되찾을 것이다.

그녀는 큰 가방을 들고 비행기로 향했다. 창문으로 보이는 하늘은 걱정도 두려움도 없는 참으로 고요한 세상이었다. 하늘을 무심히 바라보고 있자니 서러움에 왈칵 눈물이 났다. 지난 며칠 동안의 일이 생생하게 떠올랐다.

그녀는 세상을 버리고 싶었다. 치사량이 넘는 수면제를 입안에 털어 넣었다. 하지만 병원에 긴급 후송되어 간신히 목숨을 구했다.

창문을 통해 아이들의 울음소리가 들리는 듯했다.

"엄마, 어디 가는 거야. 빨리 돌아와."

"앞으로 엄마 말도 잘 듣고 싸우지도 않을게."

그녀는 눈물을 삼키며 마음을 다잡았다.

'미안하다. 엄마를 이해해주렴. 이렇게 하지 않고서는 내가 살아갈 수가 없어. 너희들에게 꼭 돌아올 테니 기다려.'

1968년, 그녀에게 있어 미국은 너무나 생소했다. 언어의 벽과 문화적 차이는 물론, 여자의 몸으로 혼자 왔기 때문에 모든 것이 두렵고 막막했다. 지금까지 주부로만 살다가 세상의 짐을 혼자 지고 헤쳐 가야 한다는 게 그녀를 움츠러들게 했다.

우선 돈이 필요했다. 그녀는 남의 집 가정부로 일을 시작해 중국집 주방보조와 서빙을 했다. 고단하고 외로운 삶이었지만 주저앉지 않았다.

"아이들에게 멋진 엄마의 모습을 보여줄 거야. 내 자신에게도 부끄럽지 않을 거야."

그녀는 굴하지 않았다. 언제까지 남의 일만 할 수 없다고 생각한 그녀는 고심 끝에 미용 기술을 배우기로 마음먹었다. 어렵게 윌프레드 아카데미에 입학해 열심히 미용 기술을 배워 졸업 후 자격증을 땄다. 미용 기술 자격증은 그녀의 인생을 바꿔놓았다.

"이름도 미국식으로 바꿔야지. 이제 새로운 인생이 시작되는 거야."

그녀는 '그레이스 리'라고 이름을 바꿨다. 세계적인 헤어드레서인 폴 미첼이 운영하는 미용실에 취직도 했다.

"그레이스, 손님 머리 좀 감겨 드려."

"예. 선생님."

가장 먼저 맡은 임무는 머리를 감기는 일이었다. 그녀는 머리를 감기기 전에 동료들이 일하는 모습을 유심히 지켜봤다. 한참 동안 지켜보던 그녀는 서비스가 엉성하고 불친절하다는 생각이 들었다. 머리에서 비눗물이 뚝뚝 떨어지는데도 대충 끝내버렸다.

"저러면 안 되는데…."

그녀는 머리 감겨주는 일에 정성을 쏟았다. 비눗물이 완전히 가실 때까지 헹구고, 서비스로 두피 마사지도 했다.

손님들의 반응은 뜨거웠다. 수고했다는 말과 함께 팁을 주기도 했고, 서로 머리 감는 걸 맡기려 했다. 그녀의 성실함과 미용에 대한 센스는 폴 미첼을 만족시켰고, 미용 기술도 전수받았다.

그녀는 마침내 1972년 도쿄 호텔에 미용실을 오픈하기에 이른다. 화려한 부활이었다. 그녀의 미용실은 일반 미용실과는 달랐다. 그녀는 롱드레스를 입고 긴 손톱과 긴 속눈썹으로 한껏 치장을 하고 손님을 맞았다. 손님들에게 특별한 서비스를 제공했고 예약제를 도입했다. 그야말로 미용계의 새바람이었고 획기적인 시도였다.

세월이 흘러 꿈에 그리던 고국에 돌아온 그녀의 당당한 모습에서 지난날의 아픔은 보이지 않았다. 물론 아이들도 되찾았다.

대학로, 신촌, 청담동 등지에 오픈한 미용실은 문전성시를 이루었다. 대한민국 최초로 헤어쇼를 열었고, 1979년에는 국제기능올림픽대회에서 한국인 최초로 금메달을 땄다. 그녀는 명실상부한 미용계의 대모로 자리매김했다.

하지만 삶은 그녀를 가만두지 않았다. 2001년 처음으로 유방암 수술을 받고 2007년 2월에는 위암 수술, 2008년에는 대장암까지 찾아왔다. 세 번의 암투병 속에서 그녀는 많이 쇠약해졌고, 지독한 약물치료 때문에 머리카락도 많이 빠졌다.

어느 날, 그녀는 후배가 운영하는 미용실을 찾았다.

"선생님, 여긴 웬일이세요?"

"나 머리 좀 짧게 자르려고."

"그레이스 리 선생님께선 늘 단발머리셨잖아요. 그런데 왜…."

"암과 싸우려면 단발머리보단 짧은 머리가 어울릴 것 같아서. 좀 날카롭고 강해 보여야 암 덩어리들이 기가 눌려 도망갈 거 아냐?"

그녀는 잘려나가는 머리카락을 보며 태연하게 미소 지었다. 언제나 그랬던 것처럼.

"선생님, 다 됐습니다."

"그래, 고마워."

"선생님, 건강하세요."

78살인 그녀는 미소를 지으며 덤덤하게 말했다.

"당연히 건강해야지. 그래야 삶이 날 속여도 또 이겨낼 수 있지. 안 그래?"

그녀는 당당한 걸음걸이로 미용실을 나갔다.

그 들 만 의 눈 물 을
응 원 한 다

내 마음대로 안 되는 게 있습니다. 바로 우리네 삶입니다. 바르고 안전
하고 평탄한 길을 가고자 하지만 삶은 쉽게 허락하지 않습니다. 때론
가시밭길을, 진흙길을, 어둠의 길을 우리 앞에 내려놓습니다. 길을 가
야 할까 말아야 할까 고민도 되고 두렵겠지만 어쩔 수 없습니다. 그 또
한 삶의 한 부분일 테니까요.

　지금 이 순간, 남보다 더 힘든 길을 가고 있는 분들, 인생의 무게 때문
에 허리가 꺾인 분들에게 위로가 될 만한 시 한 편을 드립니다.

삶이 그대를 속일지라도

-푸슈킨

삶이 그대를 속일지라도
슬퍼하거나 노여워하지 말라
슬픈 날은 참고 견디라
즐거운 날이 오고야 말리니

마음은 늘 미래를 바라느니

현재는 한없이 우울한 것이다

모든 것 하염없이 사라지니

지나가 버린 것, 그리움 되리니

삶이 그대를 속일지라도

노하거나 서러워하지 말라

절망의 날을 참고 견디면

기쁨의 날이 반드시 찾아오리라

중략

고난이 우리를 찾아오는 것은
우리를 슬픔이나 비탄에 잠기게 하기 위해서만은 아니다.
고난은 우리를 지혜롭게 만들며 스스로를 강하게 만들기도 한다.
밤이 있음으로 해서 낮이 더욱 밝게 느껴지는 것처럼.
고난은 우리를 더 풍요롭게 한다.
뿌려진 눈물의 씨앗이 결국 수천 배로 늘어나고야 마는 것처럼.

— 헨리 워드 비처

먼저 등을
돌리는 일 없기

추리소설의 대가 애거사 크리스티. 그녀의 작품은 소름이 끼칠 정도의 무서움과 예측할 수 없는 결론으로 인해 한번 책을 잡으면 놓을 수 없다. 무시무시한 작품을 쓰기 때문에 그녀의 성격이 매우 독하고 괴팍할 거라 상상하기 쉬운데, 예상과 달리 수줍음 많고 다소곳한 여자였다.

그녀는 늘 행복한 가정을 꿈꿨다. 현모양처는 그녀가 원하는 꿈이었다. 그런 순박한 꿈을 꿨던 24살 그녀에게 운명과도 같은 사랑이 찾아왔다.

그녀는 공군 제복을 입은 한 남자에게 마음을 빼앗기고 말았다.

"제복이 잘 어울리는 사람은 처음이야."

그녀는 나지막한 목소리로 중얼거렸는데, 남자가 그 소리를 들었다.

"제가 멋있습니까?"

"어머. 죄송해요."

"죄송하긴요. 오히려 저를 잘 봐주셔서 고맙습니다. 이름이 어떻게 되세요?"

"애거사입니다."

"이름이 참 아름답군요. 저는 아치벌드 크리스티입니다. 보다시피 군인입니다."

서로 호감을 느낀 두 사람은 금세 친해졌다. 시간을 내서 찻집에 가고 영화 구경도 했다.

그녀와 아치벌드는 마주 앉아 자신의 꿈에 대해 이야기했다.

"저는 어릴 때부터 꿈이 있었어요. 바로 행복한 가정을 이루는 거죠. 사랑하는 남편과 아이들과 함께 사는 걸 상상하면 구름 위를 나는 기분이 들어요."

"그래요? 저도 그런 꿈을 꿨는데…. 그럼 우리 그 꿈을 이뤄볼까요? 애거사, 우리 결혼합시다."

둘의 관계는 발전하여 결혼에 이르렀다. 그런데 뜻하지 않은 위기가 닥쳤다. 제1차 세계대전이 터진 것이다. 군인인 아치벌드는 전쟁터에 나가야 했다.

"부인, 난 전쟁터로 가야 해요. 결혼하자마자 이렇게 헤어져야 하다니…."

그녀는 앞으로 남편 없이 홀로 지내야 한다는 사실이 끔찍했다.

"그럴 순 없어요. 저도 같이 갈래요. 당신이 가는 곳이라면 어디라도 따라가겠어요."

애거사의 말에 남편은 깊은 감동을 받았다.

"고맙소. 당신이 나를 이렇게 사랑하는 줄 몰랐소. 나도 영원히 당신과 함께할 거요."

둘의 사랑은 깊고 아름다웠다.

그녀는 남편을 따라 전쟁터로 가 부상당한 군인을 보살피는 간호사로 봉사를 했다. 총알이 빗발치는 전쟁터에서도 두려움 없이 버틸 수 있었던 건 남편과 함께 있다는 믿음 때문이었다. 남편 역시 힘든 나날이었지만 아내가 곁에 있어 힘을 낼 수 있었다.

전쟁이 끝나고 둘은 무사히 집으로 돌아왔다. 그 후 그녀는 추리소설한 편을 집필했는데, 그 소설이 큰 사랑을 받아 순식간에 유명인이 되었다. 그녀의 인생은 탄탄대로였다. 사랑하는 사람이 곁에 있을 뿐만 아니라 작가로 이름을 알리는 등 부러울 게 없는 삶이었다.

그러던 그녀에게 불행이 닥쳤다. 철석같이 믿었던 남편이 '테사 니일'이라는 여자와 눈이 맞은 것이다. 그녀는 도저히 받아들일 수 없었지만 사실이었다. 남편의 외박이 점점 잦아졌고 급기야 이혼 얘기가 오가는 상황에까지 이르렀다. 그녀는 너무나 괴롭고 분해 잠을 이룰 수가 없었다.

"어떻게 나에게 이런 모욕을 줄 수 있어! 이건 아니야! 하늘이 두 쪽나도 내 편이 되어야 할 사람이 어떻게 등을 돌릴 수 있지? 이건 아니야! 내 인생은 뭐야! 행복한 가정을 이루고자 한 내 꿈은…."

그녀는 벽을 치며 오열했다.

며칠 후, 그녀의 행방이 묘연해졌다. 호숫가에서 그녀의 자동차가 처박힌 채 발견되었지만 그녀는 감쪽같이 사라진 것이다. 그녀의 실종 소식은 순식간에 소문을 타고 많은 사람에게 알려졌다. 경찰과 팬들이 그녀가 갈 만한 곳을 모두 뒤졌지만 찾을 수 없었다. 아무런 단서도 찾지 못한 채 하루하루가 흘러갔다.

실종 11일째. 드디어 그녀를 찾았다. 그녀는 지방의 허름한 여관에 투숙해 있었다. 경찰과 팬들은 안도의 한숨을 내쉬었다. 혹시나 변사체로 발견되는 건 아닐까 했는데 살아 있는 모습으로 발견되어 천만다행이었다.

하지만 한 가지 이상한 일은 그녀가 여관에 투숙하면서 숙박부에 본인의 이름을 적지 않은 점이다. 경찰은 고개를 갸웃거리며 숙박부를 쳐다보았다.

"애거사 씨, 왜 여기에 본인의 이름이 아닌 다른 사람의 이름이 적혀 있죠?"

"모르겠습니다."

그녀는 아주 지친 모습으로 고개를 내저었다. 그녀가 숙박부에 적은 이름은 남편과 불륜을 저지른 '테사 니일'이었다.

그녀가 남편의 외도로 인한 충격 때문에 잠시 기억을 잃어 그 여자의 이름을 적었는지, 아니면 남편의 외도를 알리기 위한 의도였는지 여전히 아무도 모른다. 오직 그녀만 아는 사실이다.

그녀는 경찰에게 말했다.

"내가 어떤 이름을 썼든 중요하지 않아요. 중요한 건 내가 받은 상처고 되돌릴 수 없는 우리의 사랑입니다."

그 후로 그녀는 재혼했고 많은 작품을 남겼지만 그때의 충격은 쉽게 가시지 않았고 평생 배신의 기억 속에서 살아야 했다.

그들만의 눈물을
응원한다

김재진 시인은 「누구나 혼자이지 않은 사람은 없다」라는 시에서 이렇게 말합니다.

믿었던 사람의 등을 보거나
사랑하는 이의 무관심에 다친 마음 펴지지 않을 때
섭섭함 버리고 이 말을 생각해보라.
- 누구나 혼자이지 않은 사람은 없다.
두 번이나 세 번, 아니 그 이상으로 몇 번쯤 더 그렇게
마음속으로 중얼거려 보라.
실제로 누구나
혼자이지 않은 사람은 없다.

결국 누구나 혼자입니다. 슬픔을 누군가가 조금 덜어줄 수는 있지만 슬픔 전부를 가져갈 수는 없습니다. 자기에게 닥친 슬픔은 온전히 자신의 몫입니다.

마음에 상처를 받으면 누구나 처음에는 당황합니다. 그러다 어느 정도 상황이 파악되면 눈물이 나고, 미워하고, 원망하고 급기야 자기가 처한 상황에서 도피하고 싶어집니다. 난 혼자이고 이 슬픔과 상처 역시 내 몫이야, 하고 받아들이기까지는 많은 시간이 필요합니다. 더구나 그것을 받아들인다고 해서 문제가 모두 해결되는 건 아닙니다. 부러진 다리는 시간이 지나면서 붙지만, 마음의 상처는 평생 아물지 않은 채 두고두고 기억에 남아 고통을 줍니다.

마음의 상처는 참으로 질기고 오래갑니다. 때문에 마음의 상처를 주는 일은 없어야 하고, 받는 일도 없어야 합니다. 마음의 상처는 사람과 사람 사이에서 일어납니다. 사람을 대할 때, 특히 사랑을 나눌 때는 주의를 해야 합니다. 혹여 내가 무심코 뱉은 말과 행동이 상대에게 상처를 주지 않았는지 되돌아보고 먼저 등을 돌리는 일은 없어야 합니다.

서로 사랑한다는 것은
한쪽이 다른 쪽을 자신의 색깔로 물들여 버리는 것이 아니다.
두 사람의 색깔을 바탕으로
각자의 색깔을 하나로 융해시켜
또 다른 세계를 저마다의 인생에 더하는 것이다.

– 오치아이 게

바르고 곧은 마음을
지키며 살기

추운 겨울, 바람이 매서웠다. 거리에 사람들은 두꺼운 옷을 두세 개씩 겹쳐 입었다. 그래도 추운지 다들 깃을 세우고 몸을 움츠렸다. 추위에 발걸음을 재촉하며 모두 어디론가 사라졌다.

여느 때와 다르게 거리는 한산했다. 살을 에는 듯한 바람을 맞으며 아까부터 이리저리 뛰며 큰 소리를 외치는 소년이 있었다.

"신문 사세요. 신문 사세요."

신문을 파는 소년이었다. 날씨가 좋거나 놀랄 만한 뉴스거리가 터지면 신문은 곧잘 팔렸지만, 오늘처럼 날씨가 춥고 뉴스거리도 없는 날에는 거의 팔리지 않았다.

소년은 쉬지도 않고 큰 소리로 외쳤지만 사람들은 별 반응이 없었다.

"오늘은 신문이 잘 안 팔리네."

소년은 잠시 음식점 앞에 있는 벤치에 앉았다. 아직도 팔아야 할 신문이 많이 남았는데 고민이었다.

"이걸 언제 다 팔지? 신문을 다 팔아야 동생한테 맛있는 걸 사줄 수 있을 텐데."

소년은 자리에서 일어나 다시 큰 소리로 외쳤다.

"신문 사세요. 신문 사세요."

여전히 사람들은 신문은 쳐다보지도 않고 제 갈 길 가기 바빴다. 소년은 장소를 옮기기로 했다.

"그래, 증권회사가 많은 곳으로 가면 신문이 잘 팔릴지도 몰라. 그곳으로 가자."

소년은 신호등을 건넜다. 골목길을 지나 증권회사가 많은 큰 길가로 나왔다.

"신문 사세요."

소년이 큰 소리로 외치자, 한 신사가 소년에게 다가와 신문을 사갔다. 소년은 신이 나서 더 큰 소리로 외쳤다. 또 다른 신사가 다가와 신문을 사갔다.

"이쪽으로 오길 잘했어."

소년은 부지런히 돌아다니며 신문을 팔았다. 어느새 신문이 다 팔리고 마지막 하나만 남았다.

"신문 사세요."

중절모를 쓴 신사가 신문을 사려고 소년에게 돈을 내밀었다.

"어, 어떡하지? 잔돈이 없는데. 아저씨, 잠시만 기다리세요. 제가 잔돈으로 바꿔올게요."

"그래, 알았다. 여기서 기다리마."

소년은 돈을 바꾸기 위해 가게에 들어갔다. 가게 주인은 잔돈이 없다며 고개를 내저었다. 다른 가게로 갔지만 역시 마찬가지였다.

"어떻게 하지?"

신호등을 건너 다른 가게로 갔지만 그곳도 여의치 않았다.

시간이 점점 흘렀다. 신사는 잔뜩 인상을 찌푸리며 중얼거렸다.

"이 나쁜 녀석! 약속을 안 지키고 돈을 갖고 도망가다니! 녀석을 믿은 내가 잘못이지!"

신사는 마냥 기다릴 수가 없었다. 날이 너무 추웠기 때문이다. 결국 신사는 잔돈을 받지 못하고 자리를 떠났다.

다음 날, 한 어린아이가 증권회사가 즐비한 거리에서 서성이고 있었다. 신문을 팔던 소년의 동생이었다. 아이는 고개를 돌려 주위를 살펴보았다. 누군가를 찾는 듯했다. 온종일 아이는 거리에서 서성였다.

다음 날 아이는 다시 그곳에 나와 이리저리 서성였다. 지나가는 사람들을 쳐다보며 고개를 갸웃거리기도 하고 뭐가 답답한지 발로 쿵쿵 바닥을 구르기도 했다.

다음 날이 되었다. 어김없이 아이는 거리에 나왔다. 여전히 누군가를 찾는 눈치였다.

그때였다. 아이 앞으로 중절모를 쓴 신사가 지나갔다.

"어, 중절모다!"

아이는 중절모 신사에게 다가가 물었다.

"아저씨, 며칠 전에 여기서 신문을 사셨나요?"

"응. 그런데 왜 그러니?"

"혹시, 아저씨가 잔돈을 받지 않은 아저씨인가요?"

"오, 그래. 어떤 녀석이 내 돈을 갖고 도망을 갔지."

"아저씨에게 잔돈을 돌려 드리려고 왔어요."

신사는 아이를 이리저리 살펴보더니 고개를 갸웃거리며 말했다.

"내 기억으로는 네가 아닌데. 그 녀석은 너보다 키가 더 컸던 것 같은데."

"우리 형이에요. 형이 잔돈을 바꾸러 가는 길에 교통사고가 나서 다리를 다쳤거든요. 그래서 형이 저보고 이 돈을 꼭 전해주라고 했어요. 아저씨 만나려고 여기에서 꼬박 3일을 기다렸어요."

신사는 깜짝 놀라며 말했다.

"그래? 그런 일이 있었구나. 나는 그것도 모르고 네 형을 미워하고 욕을 했지 뭐니."

잔돈을 받은 신사는 흐뭇한 미소를 지었다.

"그럼, 저 갈게요. 안녕히 계세요."

"애야, 잠깐만. 형한테 이 돈을 전하렴. 아프니까 병원도 가고 맛있는 것도 둘이 같이 사 먹어."

신사는 지갑에서 지폐 몇 장을 꺼내 아이에게 전했다.

"고맙습니다."

"그래, 잘 가거라."

신사와 아이는 작별 인사를 하고 사람들 사이로 사라졌다.

그 들 만 의 눈 물 을
응 원 한 다

사람과 사람 사이에 필요한 게 뭘까요? 흔히 '사랑'이 아닐까, 하고 생각
할 것입니다. 물론 맞습니다. 사랑만큼 위대한 가치가 어디 있을까요. 그
러나 사랑에 앞서 전제될 게 있습니다. 서로에 대한 '신의(信義)'입니다.
서로에 대한 믿음과 약속이 없다면 사랑은 진정한 것이라 말할 수 없습
니다. 신의 없는 사랑은 언제 무너질지 모르는 모래성과 같습니다.

　신의는 그 사람에게 나의 모든 것을 솔직히 다 보여줄 수 있는 믿음
의 뿌리이고, 그 사람의 모든 것을 내 것으로 온전히 받아들일 수 있는
포용의 전제입니다. 그러나 우리는 간혹 자신의 이기를 위해 신의를 저
버리는 경우를 종종 봅니다.

　노벨문학상을 수상한 오에 겐자부로의 작품 중에 신의를 저버린 사
람의 이야기가 있습니다.

　전쟁 중에 한 군인이 작은 마을에 포로로 잡혔습니다. 포로는 마을 사
람들에 의해 쇠사슬에 묶여 지하창고에 갇히게 됩니다. 포로는 하루하
루 공포에 떨며 희망을 잃어갑니다. 그런데 그에게 한 소년이 다가옵니

다. 소년은 포로에게 맛있는 음식을 주고 조금의 자유도 줍니다. 어느새 둘은 친구가 됩니다. 그런데 정부군들이 포로를 잡아 가려고 하자 포로가 소년을 인질로 잡고서 죽이려고 합니다. 자신을 도와주고 자신에게 마음을 연 소년의 신의를 포로는 저버린 것입니다. 결국, 그는 분노한 소년의 아버지에 의해 죽게 됩니다. 만약 포로가 소년에 대해 신의를 저버리지 않았다면 고국으로 돌아갈 수 있었을지도 모릅니다.

우리는 명심해야 합니다. 서로의 대한 믿음이 깨지고, 한 번 내뱉은 약속을 지키지 않는 순간, 관계는 엉망이 되고 결국 외로운 섬처럼 고립된다는 것을.

너의 눈으로 보듯이 배우지 마라.
눈으로 보는 것들을 다 믿어선 안 된다.
눈으로 보고 배운 건 한계가 있다.

- 리차드 바크

진심을 볼 수 있는
아름다운 눈 갖기

어느 날, 공자가 제자인 자공과 자로를 불렀다.

"여행을 좀 떠나려고 한다. 너희들도 함께 가겠느냐?"

"여행이요? 지난달에 다녀오시지 않았습니까?"

"물론 그렇지. 왜, 가기 싫으냐?"

"아닙니다. 준비하겠습니다. 그런데 스승님은 여행을 왜 그렇게 자주 가십니까?"

공자는 웃으며 말했다.

"그야 물론 발전하기 위해서지. 새로운 것을 보고, 듣고, 마음으로 느껴야 발전하는 것이다. 매일 벽만 보고 있는 사람과 새로운 것을 배운 사람이 같겠느냐? 분명 생각도 다르고, 인생도 다르고, 철학도 다르다. 우리는 늘 새로운 것을 찾아 떠나야 하는 것이다. 그게 바로 인생이다.

청춘, 축제의 장에 왔다면 마음껏 즐겨라

알겠느냐?"

"예. 잘 알았습니다."

공자와 자공, 자로는 괴나리봇짐을 둘러메고 길을 나섰다. 공자 일
행은 장터를 지나 숲길로 접어들었다. 숲에는 나무와 이름없는 들꽃으
로 가득했다.

"여기서 잠시 쉬었다 갈까?"

그들은 나무 그늘에 앉았다. 공자가 자공에게 말했다.

"자공아, 일어나거라."

"예?"

"네 엉덩이 밑을 봐라. 꽃이 있지 않느냐?"

"아, 그렇군요. 미처 보질 못했습니다."

"늘 마음을 낮춰야 모든 사물을 제대로 볼 수 있다. 알겠느냐?"

"예. 잘 알았습니다."

휴식을 취한 그들은 다시 길을 떠났다. 다리가 아팠지만 쉴 수 없었
다. 날이 어두워지기 전에 숲을 벗어나야 했기 때문이다. 그런데 길을
잘못 들어섰는지 계속해서 같은 자리를 맴돌았다.

"스승님, 저희가 길을 잃은 것 같습니다. 어떻게 할까요?"

"할 수 없지. 오늘밤 머물 곳을 찾아야겠구나."

공자와 제자들은 어둠을 헤치고 조심조심 발을 내디뎠다. 다행스럽
게도 멀리 희미한 불빛이 눈에 들어왔다.

"스승님, 저기 불빛이 보입니다. 사람이 사는 것이 분명합니다."

"그렇구나. 어서 가자."

공자와 제자들은 쓰러지기 직전인 초가집 앞에 도착했다.

"낡아도 너무 낡은 집이군. 어떻게 하지?"

자공이 눈살을 찌푸리며 중얼거리자 공자는 말했다.

"네 눈에는 이 집이 초라해 보이느냐? 내 눈에는 임금님께서 지내시는 궁궐보다 훨씬 더 좋아 보이는구나. 어서 주인장께 하룻밤 묵을 수 있는지 여쭤라."

"예."

자공은 백발의 할머니에게 하룻밤 묵어도 된다는 허락을 받았다.

"어서들 오세요."

"예. 감사합니다."

"보아하니 식사를 못하신 것 같은데 간단하게 죽이라도 드시겠소?"

"죽이요? 주시면 감사히 먹겠습니다."

할머니는 부엌에서 죽을 끓였다. 보글보글 죽 끓는 소리가 공자와 제자들의 식욕을 돋웠다. 그들은 침을 삼키며 입맛을 다셨다.

좁쌀로 만든 죽을 들고 할머니가 방으로 들어왔다.

"어서 좀 드시오."

"예. 감사히 먹겠습니다."

공자는 숟가락을 들어 맛있게 죽을 먹었다. 그런데 제자들은 먹지 않았다.

"너희들은 왜 먹지 않는 거냐?"

자로가 작은 목소리로 공자에게 말했다.

"스승님, 할머니의 손을 보셨습니까? 너무나 더러웠습니다. 얼굴도 며칠 동안 씻지 않았는지 이만저만 지저분한 게 아닙니다. 그 더러운 손으로 끓인 죽을 저는 못 먹겠습니다."

옆에 있던 자공도 고개를 끄덕이며 말했다.

"저도 못 먹겠습니다."

공자는 두 제자를 호되게 나무라며 말했다.

"이놈들! 너희들이 그러고도 내 제자이더냐! 할머니는 우리를 위해 방을 내줬고 그것도 모자라 죽까지 만들어주셨다. 할머니의 마음을 봐야지 겉모습만 보다니. 참으로 어리석구나!"

공자는 이어 말했다.

"나는 오늘 이 세상에서 가장 멋진 집에서 가장 맛있는 음식을 맛보았다. 너희들도 할머니의 마음을 생각하며 어서 먹어라."

자로와 자공은 마지못해 죽을 먹었다. 그런데 신기하게도 무척 맛있었다. 자로와 자공도 그제야 할머니의 마음을 읽은 것이다.

대부분 겉모습이 깔끔하고 세련된 사람에게 호감을 갖습니다. 반대로 꾀죄죄하고 볼품이 없으면 그 사람을 얕잡아보거나 피하게 됩니다. 겉모습은 사람에 대한 호감과 비호감을 구분하는 결정적인 요소입니다. 하지만 간과해선 안 될 게 있습니다. 사람을 평가하는 데 겉모습이 절대적인 건 아닙니다. 그보다 더 중요한 건 내면입니다.

싱싱하고 맛이 좋아 보여 산 수박인데 쪼개보니 속이 형편없을 땐 화가 나고 속았다는 생각이 듭니다. 사람도 마찬가지입니다. 눈에 보이는 것만으로 평가해서는 안 됩니다. 그 사람의 마음속에 내재된 됨됨이와 재능의 빛깔을 봐야 합니다.

편견을 버려야 합니다. 함부로 사람을 평가해서도 안 됩니다. 사람을 평가할 때는 신중해야 합니다. 아울러 속을 들여다볼 수 있는 안목을 길러야 합니다. 사람과 사람을 이어주고 마음을 움직이는 건 진심입니다. 화려한 겉모습이라도 진심을 따라잡을 순 없습니다.

보이는 것은 보이는 것 그 자체이지만 보이지 않는 것은 깊고 위대한 가치를 가졌다는 것을 꼭 알아야 합니다.

사람들은 왜 항상 자신들이
가질 수 없는 것에만 열중하는 것일까?
왜 사람들은 구하기만 하면 충분히 얻을 수 있는 것들
시골 밤하늘의 아름다운 풍경, 꽃들의 색깔 등을
즐기려 하지 않는 것일까?
우리는 왜 우리가 이미 가지고 있는 이 풍요로움에 대해서는
만족하지 못하는 걸까?

— 솔라 포스트

처음과 같은
순수한 마음으로 살기

중국 전국시대 제나라 제25대 군주인 장공 시절의 일이다. 장공 왕은 성격이 난폭하고 여자를 밝히는 호색가였다. 그래서 백성들의 존경은커녕 원성이 높았다.

어느 날, 왕은 최저라는 신하의 초대를 받고 그의 집에 갔다. 왕은 최저의 아내를 보고 한눈에 반했다.

"허허, 저렇게 아름다울 수가…."

왕은 뭐든지 자기 뜻대로 하는 성격이었다.

"최저의 아내를 내 사람으로 만들어야겠군."

왕은 끝내 최저의 부인과 정을 통했다. 이에 분노를 느낀 최저는 왕에게 복수하겠노라 호시탐탐 기회를 노렸다.

며칠 후, 최저는 왕을 다시 초대했다. 왕은 최저의 부인을 만날 요량에 즐거운 마음으로 최저의 집으로 갔다. 그러나 그것은 최저가 판 함정이었다. 그 자리에서 장공 왕은 최저의 계략에 죽고 말았다. 부끄러운 일을 저질렀기에 신하들과 백성들도 왕의 죽음을 슬퍼하지 않았다.

최저는 경공을 새로운 왕으로 만들며 정사를 좌지우지할 만큼의 권세를 가지게 되었다. 그는 역사를 기록하는 사관인 백에게 이렇게 말했다.

"장공 왕이 병으로 죽었다고 기록을 남기시오."

백은 고개를 저으며 말했다.

"그 누구도 역사를 왜곡할 수 없습니다. 사관의 의무는 역사 앞에 진실만을 기록하는 것입니다."

백은 이렇게 기록했다.

"장공 왕은 호색가였으며 신하 최저의 아내를 탐해 결국 최저의 칼에 찔려 죽었다."

최저는 백에게 으름장을 놓았다.

"고쳐 써라! 장공 왕은 병으로 죽었다고 써라. 그렇지 않으면 너를 죽이겠다. 살고 싶으면 어서 고쳐 쓰도록 하라!"

"그럴 수 없습니다. 권력 앞에 진실을 버릴 순 없습니다."

화가 머리끝까지 난 최저는 백을 죽이고 말았다.

백의 동생 중도 사관이었는데, 중은 형의 죽음에 대해 기록했다.

"최저가 장공 왕을 죽이고 사관 백을 죽였다."

이 사실을 안 최저가 이번에도 중을 협박했다.

"너는 형이 어떻게 해서 죽었는지 모르느냐?"

"알고 있습니다. 진실을 말하고 그 진실을 적었다는 이유로 죽었습니다."

"진실? 지금은 내 말이 곧 진실이다! 어서 적혀 있는 기록을 모두 지우거라."

중도 형인 백 못지않게 의지가 굳은 사람이었다.

"죽음을 두려워했다면 애초부터 사관을 하지 않았을 겁니다. 저는 진실만을 기록할 것입니다."

최저는 이번에도 칼을 들이댔다. 그러나 중은 목숨을 구걸하지 않았다. 사관으로서 명예와 자존심을 지키고 싶었다. 결국, 중도 최저의 칼에 죽고 말았다.

또 다른 사관이 최저의 만행을 낱낱이 적었다. 바로 백과 중의 동생 숙이었다.

최저는 숙에게 말했다.

"너도 두 형들처럼 내 칼에 죽고 싶으냐? 죽고 싶지 않으면 내가 불러주는 대로 적도록 하라."

숙은 고개를 저었다.

"차라리 저를 죽이십시오. 형님들께 부끄러운 동생이 되고 싶지 않습니다. 역사 앞에 진실만을 적겠노라 이미 다짐을 했습니다."

최저는 다시 칼을 빼들었다.

"마지막 기회다. 죽고 싶지 않으면 내 말을 따르도록 하라!"

"그럴 순 없습니다. 아무리 부끄러운 일이라도 그것 역시 역사입니다.

후대 사람들이 역사를 보고 두 번 다시는 그런 일이 일어나지 않도록 미연에 방지하고, 역사 앞에 부끄럽지 않은 행동을 하도록 만드는 게 우리의 임무입니다. 나를 죽인다 해도 다른 사관이 진실을 기록할 것입니다. 이 나라의 사관들을 다 죽일 수 있다면 저를 죽이십시오."

결국 최저는 칼을 내려놓았다. 최저는 왕권을 찬탈하고 사관까지 죽인 인물로 역사책에 기록되었다.

죽는 날까지 하늘을 우러러

한 점 부끄럼이 없기를

잎새에 이는 바람에도

나는 괴로워했다.

윤동주 시인의 「서시」처럼 세상을 살면서 한 점 부끄럼 없이 지낸다
는 건 잎새에 이는 바람에도 괴로워할 만큼 어려운 일입니다. 인간의
마음속에는 욕망과 이기가 존재하기 때문에 잘못인 줄 알면서도 마음
을 억제하지 못하고 잘못을 저지르게 됩니다.

어릴 적 이런 경험이 한두 번씩 있을 겁니다. 부모님의 호주머니에
서 몰래 동전 몇 개를 꺼낸 일, 시험을 볼 때 친구의 답안지를 훔쳐본
일, 길거리에 휴지를 버린 일 등등.

잘못된 행동을 하면 그 순간에는 짜릿함을 맛볼 수 있을지 모르지만
종일 마음이 편치 않고 찜찜합니다.

어느 날, 청년이 가게에서 신발을 한 켤레 사고 난 후, 주인에게 말했습니다.

"지금 돈이 없으니 내일 드릴게요."

"그렇게 하구려."

다음 날, 가게에 갔더니 주인이 심장마비로 갑자기 죽었습니다. 청년은 신발을 공짜로 갖게 됐다고 좋아했습니다. 하지만 기쁨은 잠깐이었습니다. 신발을 볼 때마다 마음이 괴로웠습니다. 더 이상 버틸 수 없어서 청년은 가게로 찾아가 주인의 가족에게 용서를 빌고 신발 값을 치렀습니다. 주인은 이미 죽고 없었지만 청년의 마음속엔 여전히 살아 있었던 것입니다.

가슴속에 있는 욕망과 이기에 한 번 사로잡히면 헤어나기 어렵습니다. 때문에 욕망과 욕심이 생기기 전에 감정을 잘 다스려야 합니다. 유혹 앞에서도 흔들리지 않는 성품을 지니도록 평소에 마음을 잘 갈고 닦아야 할 것입니다.

지위가 높고 권력을 많이 지닌 사람일수록 바른 마음을 갖는 게 중요합니다. 파급효과가 크기 때문입니다. 그런 사람이 좋은 일을 하면 많은 사람들이 행복해지고, 반대로 그릇된 마음으로 나쁜 짓을 하면 많은 사람들이 피해를 보고 역사의 강물이 흙빛으로 변합니다.

권세가 커지고 나이가 들수록 자신의 욕망과 이기만을 쫓지 말고, 마음속 자신에게 더 충실해서 하늘을 우러러 부끄럼 없는 사람이 되어야 합니다. 그게 진짜 멋진 인생이고 푸른 하늘을 닮은 사람입니다.

교육의 정상적인 지름길은 모범이 되는 것이다.
만일 선생이 학생의 모범이 아니라면
크나큰 문제가 아닐 수 없다.

- 아인슈타인

반칙하지 않고
정정당당하게 살기

"참으로 이 일을 어찌할꼬!"

임금은 매일 잠을 설쳤다. 날이 갈수록 나라 안의 범죄가 흉악해지고 여기저기서 싸움이 끊이지 않았다. 임금은 나름대로 나랏일을 열심히 하고 백성을 위하는 정치를 한다고 생각했지만 이상하게도 백성들의 마음은 점점 황폐해져 갔다.

임금은 특단의 조치를 내려야 할 때가 왔다고 생각했다.

"내가 대신들을 모이라고 한 이유는 지금 나라가 너무나 무질서한 것 같소. 악한 이들 때문에 선량한 백성들이 피해를 보고, 나아가 선량한 이들마저 물들까 걱정이오. 그래서 강력한 국법을 만들고자 하오. 이제 부터 법을 어기고 풍기를 문란하게 만드는 자는 지위 고하를 막론하고 극형에 처할 것이오."

대신이 임금에게 물었다.

"폐하, 극형이라면 어떤 벌을 말하시는 겁니까?"

"양 손목을 자를 것이오. 대신들도 잘못을 하면 형에 처할 것이니 명심하시오."

대신들은 두 눈이 휘둥그레졌다.

"폐하, 손목을 자르는 것은 너무하옵니다. 그럼 백성들이 폐하를 두려워할 것입니다."

"백성들이 나를 두려워한다 해도 어쩔 수 없소. 나라의 질서가 바로 서야 국력이 강해지고 백성들도 살기 편해질 것이오. 모든 것이 내 나라와 내 백성을 위한 일이니 나의 뜻을 알리시오."

어명이 있은 후, 나라의 기강이 서서히 잡히기 시작했다.

임금은 자신의 뜻을 따라주는 백성들이 고마웠다.

"그래, 극단적인 방법을 사용하니 이제 좀 제대로 돌아가는 것 같군. 내 판단이 옳았어."

어느 날, 궁궐에 모인 대신들이 술렁거리며 안절부절못했다. 왕자가 궁궐 밖에서 아낙네들을 희롱하고, 장터 상인들에게 행패를 부리는 등 못된 행동으로 풍기를 어지럽힌 것이다. 대신들은 왕자가 저지른 일을 임금이 알게 될까 쉬쉬했다. 하지만 결국 왕자의 행실이 임금의 귀까지 들어가게 되었다. 임금은 노발대발하며 왕자를 불렀다.

"왕자, 궁궐 밖에서 바르지 못한 행동을 한 게 사실이더냐?"

"…"

"왜 말이 없느냐! 어서 사실대로 말해 보거라."

왕자는 나지막한 목소리로 말했다.

"아바마마, 사실이옵니다. 소자, 죽을죄를 지었습니다."

임금은 눈을 감고 깊은 생각에 잠겼다. 대신들은 임금이 어떤 결정을 내릴지 궁금했다. 대신들은 서로 작은 목소리로 속삭였다.

"설마, 폐하께서 왕자님을 어떻게 하시겠어?"

"그렇지. 장차 이 나라를 다스릴 왕자님이신데 설마 손목을…."

임금은 두 눈을 떴다. 결정을 내린 듯했다.

"왕자와 대신들은 내 말을 잘 듣도록 하여라. 나는 말했노라. 나라의 기강을 어지럽히는 자는 지위 고하를 막론하고 손목을 자르는 극형에 처한다고 했다. 왕자라고 해서 예외는 없다. 지금 당장 왕자의 손목을 자르도록 하여라."

임금의 명령에 왕자와 대신들은 아연실색했다.

"폐하, 왕자님을 한 번만 용서해주십시오."

"아바마마, 용서해주십시오. 다시는 못된 짓을 하지 않겠습니다."

임금의 표정은 엄숙했다. 그는 단호한 말투로 말했다.

"백성들은 나를 보고 배울 것이다. 내가 법을 어기면 백성들도 법을 어길 것이다. 내가 떳떳하지 못한 행동을 하면서 어찌 백성에게 바르게 살라고 말할 수 있겠느냐! 어서 집행하여라!"

왕자는 떨며 임금에게 매달렸다.

"아바마마, 제발 살려주십시오. 아바마마."

"집행관은 뭐하는 거냐! 어서 죄인의 손목을 자르도록 하라!"

집행관은 임금의 명령대로 왕자의 손목 하나를 잘랐다.

임금은 형의 집행을 중지시켰다.

"됐다. 하나면 됐다."

그러자 대신들이 안도의 한숨을 내쉬며 속삭였다.

"그래, 아무리 법이라고 해도 왕자님의 양 손목을 다 자를 순 없지."

"그렇지. 임금님도 왕자님이 불쌍하신 거지."

임금은 다음과 같이 말을 했다.

"집행관은 나머지 손목 하나를 자르시오. 왕자의 것이 아닌 이번엔 내 손목이오. 왕자의 잘못은 바로 나의 잘못이오. 왕자를 제대로 교육시키지 못한 이 아비의 잘못이오."

임금은 집행관 앞에 자신의 왼손을 내밀었다.

"어서 집행하시오."

결국, 임금도 한쪽 손목이 잘리고 말았다. 그 일이 있은 후, 누구도 나라의 기강을 어지럽히는 일을 하지 않았다.

대부분 엄마들은 아이에게 이렇게 말합니다.

"너는 커서 뭐가 되려고 매일 놀기만 하냐? 책 좀 읽어라, 제발!"

아무리 귀에 못이 박히도록 말을 해도 아이는 책을 가까이하지 않습니다. 그 이유가 뭘까요? 듣기 좋은 소리도 자주 듣다보면 짜증이 나겠지요. 하지만 무엇보다 명령과 강요 때문입니다. 명령과 강요는 처음에는 잘 통할지 모르지만 시간이 지나면 더 이상 힘이 없습니다.

아프리카에서의 의료봉사활동으로 유명한 슈바이처 박사는 이렇게 말했습니다.

"자녀 교육에서 가장 중요한 세 가지는 다음과 같다. 첫째는 본보기요, 둘째도 본보기요, 마지막 세 번째 역시 본보기이다."

자녀를 독서왕으로 키우고 싶으면 엄마 본인부터 책을 붙들고 있어야 합니다. 질서를 잘 지키라고 말하기 전에 아빠 본인부터 운전할 때

교통법규를 잘 지켜야 합니다. 거짓말하는 아이를 혼내기 전에 어른 본인 스스로 정직한 삶을 살고 있는지 반성해야 합니다. 강요와 명령보다는 모범을 보여주는 게 훨씬 이해시키기 쉽고 설득력이 있습니다.

본보기와 모범이라는 것이 자녀 교육에만 국한된 건 아닙니다. 부하 직원이 왜 말을 안 듣고 따르지 않는가를 탓하기 전에 내가 먼저 그들의 마음을 열게 했는지, 그들에게 감동을 주는 말과 행동을 했는지 점검해야 합니다. 사람을 움직이고 사람을 내 편으로 만들고 싶다면 먼저 보여주는 수밖엔 없습니다.

포클랜드 전쟁 때의 일입니다.

영국 BBC 방송은 감동적인 두 장면을 보여주었습니다. 첫 장면은 여왕 엘리자베스가 둘째 아들 앤드류를 전쟁터로 보내는 장면이었습니다. 두 번째 장면은 대처 전 수상이 아들을 전쟁터로 보내기 위해 배를 태우는 모습이었습니다. 그 장면을 보면서 국민들은 감동을 받았고, 다른 군인들도 기꺼이 조국을 위해 전쟁터로 떠날 수 있었습니다.

마지막으로 우리는 철학자 칸트가 남긴 말을 가슴에 깊이 새겨야
합니다.

"어느 누구에게도 나와 똑같이 행동하라고 말할 수 있게 행동하
라. 그러면 모든 사람이 따르고 존경할 것이다."

죽을 수도 살 수도 없을 때
서른은 온다

초판 1쇄 발행 2011년 6월 8일
초판 4쇄 발행 2012년 2월 17일

글 김이율
사진 Alex Kim
펴낸이 이범상
펴낸곳 (주)비전비엔피 · 이덴슬리벨

기획 편집 최정원 박월 고은주 노영지
디자인 남금란 최희민
영업 한상철 한승훈
마케팅 이재필 한호성 김희정
관리 박석형 이다정

주소 121-894 서울특별시 마포구 잔다리로7길 12 (서교동)
전화 02) 338-2411 | **팩스** 02) 338-2413
이메일 visioncorea@naver.com
블로그 blog.naver.com/visioncorea

등록번호 제313-2009-96호

ISBN 978-89-91310-32-2 03810